O marechal de costas

José Luiz Passos

O marechal de costas

1ª reimpressão

ALFAGUARA

Copyright © 2016 by José Luiz Passos

Grafia atualizada segundo o Acordo Ortográfico da Língua Portuguesa de 1990, que entrou em vigor no Brasil em 2009.

Capa e ilustração de capa
Flávia Castanheira

Preparação
Fernanda Villa Nova de Mello

Revisão
Marise Leal
Huendel Viana

Os personagens e as situações desta obra são reais apenas no universo da ficção; não se referem a pessoas e fatos concretos, e não emitem opinião sobre eles.

Dados Internacionais de Catalogação na Publicação (CIP)
(Câmara Brasileira do Livro, SP, Brasil)

Passos, José Luiz
   O marechal de costas / José Luiz Passos. – 1ª ed. – Rio de Janeiro : Alfaguara, 2016.

ISBN 978-85-5652-026-5

1. Ficção brasileira. I. Título.

16-06990   CDD-869.3

Índice para catálogo sistemático:
1. Ficção : Literatura brasileira   869.3

[2017]
Todos os direitos desta edição reservados à
EDITORA SCHWARCZ S.A.
Praça Floriano, 19 — Sala 3001
20031-050 — Rio de Janeiro — RJ
Telefone: (21) 3993-7510
www.companhiadasletras.com.br
www.blogdacompanhia.com.br
facebook.com/alfaguara.br
twitter.com/alfaguara_br

para o pequeno Antonio

para Claudio Magris
em memória de Osman Lins

*O medo grande dos sertões, dos mares, dos desertos,
o medo dos soldados, o medo das mães, o medo das igrejas,
cantaremos o medo dos ditadores, o medo dos democratas.*

Carlos Drummond de Andrade

Sumário

1.ª fase
Gênese   11

2.ª fase
Juventude   25

3.ª fase
Campanha   59

4.ª fase
Revolução   121

5.ª fase
Paraíso   175

I.ª FASE
Gênese

Absolutamente tudo, as conchas, uma flor que se abre, a maré sulcando a areia na praia, traz de volta a Floriano a imagem de uma vagina. Ele está prestes a entrar na sala de mãos dadas ao preceptor, que prefere ser chamado de Bonaparte. Floriano vê a cortina de veludo roxo, com vincos de alto a baixo, dobrados num lábio na boca de cena, e isso também lembra uma vagina. Vinte e poucos rapazes aguardam adiante, calados no assento das suas carteiras, uns com as mãos espalhadas no tampo, outros de braços cruzados, estalando os dedos, mortos de tédio, à espera de sua entrada com o fantástico velhote, dito Napoleão, que logo antes tinha lhe avisado.

Caboclo, não quero mais que você me chame de preceptor. Pelo menos aqui, e ele dá uma pisadela no tablado. Entendido?

Floriano balança a cabeça, entendido.

Em seguida, os dois se dão as mãos e entram em cena.

O rapaz pisca os olhos tateando no escuro, e Bonaparte puxa pelo seu braço, para que chegue mais perto. Quando volta a enxergar, Floriano nota o halo das janelas cobertas com lençóis por cima do gradeado. A noite clara entra azulada pelo contorno das frestas. O que lhe vem à cabeça é, ótimo, já apagaram os faroletes lá fora. Mal tem tempo de tomar seu lugar no palco, e Bonaparte, apressado, ergue as mãos levando junto uma das suas. Ainda estavam de mãos dadas. Floriano baixa a cabeça e olha os pés.

Veste calças curtas, atadas por um laço à altura dos joelhos, e botas de bico fino. Tem um chapéu em forma de cone e um lenço azul no pescoço. A cara lhe pintaram de branco. Está sem as luvas, mas não importa. O que incomoda são os calçados, com largos saltos de madeira, como tamancos ou botins, daqueles que hoje em dia só uma mulher usaria. Um dos rapazes começa a assoviar, desatando apupos e umas poucas palmas dos dois ou três mais ansiosos. Alguém pede silêncio com um longo *psiu*, e Floriano dá uma risada curta, abafada. O preceptor de novo puxa seu braço, não se importa com assovios. Napoleão, 2.º sargento na escola de oficiais, importa-se apenas com sua a parte, e de repente começa a falar. E fala como disse que faria. Bem pau-sa-da-men-te.

Ao mais nobre e incompatível grupo de pequenos políticos e recrutas, vocês, os senhores, meus queridos jovens, me ouçam com atenção. Que, embora se estude por gosto no adiantamento da vida particular, os favores que vocês, aqui, já receberam, e ainda recebem, na instrução, na disciplina, mesmo os que vão embora em breve, ou até os que já foram antes do seu tempo, são o fruto das indústrias que governam as nossas vontades. E lhes digo o seguinte, que essas são, principalmente, o Medo e também a Dureza.

Bonaparte solta a mão dada, dá um passo adiante e ergue os braços, deixando Floriano à sombra das lanternas.

Quero dizer, dureza nas empresas da vida, porque é difícil tentar, tentar, tentar, e um constante medo do sucesso, pois quando pensamos nos grandes homens de antes, e também nos de hoje em dia, não podemos ignorar a sua imensa dignidade, que de bagatela em bagatela, frivolidade a frivolidade, nós todos, vocês todos, aliás, devem almejar entender, copiar, memorizar. Memorizar é muito importante. É pra isso que temos nosso espetáculo de hoje. Temos sim, vejam só, assovios não. Sem assovios, por favor, ou então já sabem.

E chega perto da primeira fila de assentos. Os rapazes se calam. Ele continua.

É o espetáculo dos grandes homens do Império, e de outros impérios. E das repúblicas, dos doges de Veneza, a dos holandeses, as clássicas. Gregas. Também as modernas, da Europa latina. *Bravo*. Com certeza, e bravo a vocês, brejeiros, das fazendas, do interior, que os brutos também merecem homenagens, por que não? Pois é exatamente isso o que acaba de começar.

Então Bonaparte, chapéu tricórnio e casaca cinza, o espadim à cintura, faz um gesto brusco, baixando as mãos de modo repentino, e a sala volta a cair na mais profunda escuridão.

Floriano está ao pé da cama, com Jean-Claude Fouché no colo, aguardando a inspeção daquela noite. Vinha de Fouché o texto que José Gentil, Bonaparte, queria encenar. Gentil ama monólogos marciais. Mas alguém tinha lhe dito que o Napoleão francês não era imperador coisa nenhuma, que militar de carreira não tem sangue azul como Pedro II. Floriano pensa nisso, quando Bonaparte vem dormitório adentro, brusco, marchando entre as camas com o fardão azul-marinho de preceptor. Penteou o cabelo, cheira a malva, tem o rosto reluzente por uma fina capa de suor.

Floriano, eu vim aqui porque, você sabe. O que houve foi feio, e faz uma pausa. Não é errado. Parar no meio, calado, lá em cima. O que é que se vai fazer? Nem todo mundo dá para o teatro.

Floriano escuta, levanta os olhos. Deixa Fouché em cima do colchão.

Você pode fazer melhor fazendo outra coisa, tem tanta coisa. Não tem?

Tem, Floriano pensa.

Não tem?

Talvez ele tenha razão.

Tem razão, Floriano engole em seco, de acordo, e fica à espera de que o imperador saia e venham os outros, com sua gritaria grossa, o vaivém entre as camas, perguntando, imitando. Querendo saber o que era para ele ter dito a Bonaparte, ali, na hora. O que foi que ele devia ter feito e não fez? Mas Floriano não diz nada.

Há um talento que talvez tenha sido o desenlace desse episódio de 1863, quando Floriano completou, com aprovação plena, o curso na Escola Militar do Rio de Janeiro. Era seu pendor para a pintura. Ele pintou o pano de boca e os cenários do palco no teatro da escola de oficiais. Antes, numa primeira tentativa, não alcançou o coeficiente necessário para admissão em nível de cadete. Inabilitado, matriculou-se na Escola Central como praça do Batalhão de Artilharia a Pé, onde chega à patente de cabo. Dois anos depois, afinal consegue ingresso no curso da Praia Vermelha, e então repete o primeiro ano por reprovação no exame de grau. Floriano estreia como cadete relapso, e é dessa forma que conhece José Gentil.

Vá e ganhe o mundo, caboclo.

E alta noite, ao deixar o dormitório dos cadetes, essa foi toda a conclusão possível, uma espécie de vaticínio da parte do boca-grossa, o sargento espetacular e autoproclamado, em cena, Napoleão Bonaparte.

Na manhã seguinte, ele folheia a correspondência do imperador, numa biografia que lê aos poucos, saltando páginas, elegendo as fases preferidas na carreira de Napoleão. Floriano começou pelo fim, pela documentação, Nunca antes vista. Cartas pessoais e outras políticas revelando, ali, Uma face inédita do general supremo. Numa delas, em mensagem ao Egito destinada a um ministro seu, Bonaparte opina sobre a importância da escrita. Floriano se entusiasma, lê sorrindo, praticamente de esguelha.

Da mesma forma que as ciências técnicas, diz Napoleão, a crônica também merece uma escola para o aprendizado e o exercício do seu ofício. Há uma diferença tão colossal entre dois livros escritos sobre a mesma época, ou o mesmo indivíduo, que quem deseje uma notícia confiável e se atire numa biblioteca vasta encontra-se num labirinto quase infinito. Minha vontade é reunir todos aqueles que fazem a história dos eventos presentes até nossos dias atuais. Importa pouco que estejam mais ou menos distantes dos fatos. Pois não há dúvida de que o historiador do presente será o mais verdadeiro de todos, porque está mais próximo aos leitores que lhe servirão de juiz. Seja como for, são apenas dois os aspectos essenciais a serem considerados, os fatos materiais e as intenções morais.

Floriano para e pondera. Napoleão continua.

Sobre os fatos materiais não deveria haver grande diferença, no entanto praticamente não há acordo entre dois levantamentos de um mesmo vilarejo. Quanto às intenções morais, como podem ser resgatadas de dentro de outro eu? Se decreto uma ordem, quem chega a alcançar a ideia por trás da ordem, ou mesmo a profundidade da minha intenção? Quem chega a entender como cada qual acolhe essa ordem, avalia e torce sua razão até que se conforme a seus planos ou interesses particulares? Mas é isso que faz a crônica, abarca a sem-razão das coisas. Já vi pessoas próximas questionarem no campo de batalha as minhas ideias para a campanha ou a intenção das decisões que tomei, e agirem contra mim, o seu general. Um único ponto de vista não nos dá o fato material nem a moral das intenções. Por isso, nunca me convenci a escrever minhas memórias e desfilar os sentimentos a partir dos quais brota meu juízo. Não me inclino às confissões, como Rousseau, já que elas não me explicam. Os eventos causados pelas minhas ações, sim. Ao atuar, altero meu povo, modifico-lhe a história, porque a gênese do passado está no presente, não o contrário. E esta será a primeira lição na ciência dos meus cronistas.

* * *

Ele fecha os olhos, respirando a página. Em seguida, põe o livro de volta na estante ao lado da cama. Os outros ainda estão dormindo. Vem pelo janelão ao fundo uma luz arroxeada, que se mistura ao brilho do lampião em cima da mesinha. Ali à cabeceira estão a sua escova de pelos, para a farda, um estojo de laca com tesoura e navalha, a lupa, um abridor de cartas, a caneta-tinteiro e um feixe de lápis atados com uma fita vermelha. Floriano embrulha cada um desses objetos numa peça de roupa e coloca uma por uma dentro da maleta aberta em cima da cama.

Prefere fazer a mala de madrugada. Prefere polir as botas cedo na manhã e tomar café com a primeira leva. Assim, iria poder voltar à biografia no intervalo das tarefas, ou então depois, livre, se conseguir um exemplar só seu. E leria sem mais ninguém por perto, perguntando, insistindo, querendo saber o que era aquilo, já que naquele dia, à tarde, em plena luz da baía de Guanabara, ele afinal ia deixar a Praia Vermelha trajando seu uniforme de 2.º tenente.

De volta à terra, já na chegada a Alagoas, para uma visita, tem má sorte. Os cabos do guindaste que faziam a descarga do *Serena* de repente se partiram. As pontas com roldanas dispararam para cima dos marinheiros. Um rapaz que trabalhava no porto foi atingido no pescoço e morreu na hora. Floriano passa por ele, perto do tablado de rolar os botes maiores para fora do píer. O rapaz usa luvas de lona verde, com as pontas dos dedos cortadas. Alguém pôs um punhado de areia no seu rosto, e o sangue parou de correr para longe do corpo.

Josina, sua pequena meia-irmã, vê a mancha no chão e pede que Floriano reze pelo rapaz, ou pelo menos diga a prece do bom-soldado. Ela está constrangida. Acha que é mau agouro um acidente na manhã da chegada a Maceió. Floriano não diz nada, observa as pobres docas com um píer e duas rampas. Josina sacode a cabeça e, dos seus dez anos de idade, entoa uma oração a Nossa Senhora Desatadora dos Nós.

Virgem Maria, Mãe do belo amor, Mãe que jamais deixa de socorrer a um filho aflito, nossa Mãe, volta teu olhar compassivo sobre esse rapaz, vê o emaranhado de nós que houve em sua vida. Ninguém nem mesmo o Maligno poderá tirá-lo de teu precioso amparo, Mãe. Em tuas mãos não há nó que não possa ser desfeito. Mãe poderosa, por tua graça e teu poder junto a Teu Filho, meu Libertador, Jesus Cristo, recebe hoje em tuas mãos esse marinheiro. Ouve minha súplica, Maria Desatadora dos Nós, rogai por mim. Nossa Mãe, rogai por esse menino tão infeliz, tão infeliz.

Josina se benze.

Dois marinheiros que acompanhavam a oração, de pé, ao lado do corpo, se admiram da farda de Floriano. Comentam que, na hora dos cabos, eles pareciam cobras na cabeça de uma Medusa. Mas Floriano lhes diz que não, eram apenas cabos soltos por obra do acaso. Josina concorda de cabeça. Os marinheiros não parecem convencidos, discutem a sorte do companheiro. Talvez fossem amigos dele.

Ela acompanha os dois se afastarem dali, mas amigo nenhum deixaria à espera do oficial das docas um menino com o rosto coberto de areia, e a areia pintada com o sangue do amigo.

* * *

No início de seu apanhado sobre a curta vida de Floriano, a quem ele prontamente chama de Implacável, Natale Netto conclui o seguinte.

Para compreender de forma ampla a personalidade de Floriano, tem-se hoje como certo que, além da infância apartada do calor familiar e do aconchego do ar de nascença, da adolescência e juventude passadas no internato e nos quartéis, o jovem teve seu caráter fundamentalmente acrisolado na espartana e férrea disciplina da caserna, dentro de um cenário de recorrentes confrontos do Sul do país, na maior ação armada ocorrida até hoje na América do Sul.

Porém, é um erro a tentativa de se determinar a fonte do trauma. Os relatos de sua vida desembocam numa postura fluida e endurecida, bruta, divina, pubescente e senhorial, atenta, aleijada, gigantesca, pesada e em choque com toda e qualquer forma de sofisticação, grave, fanática, paralítica, voluptuosa, impassível e muscular, ágil, pura, desnorteada, corcunda, gélida e escultural. Tudo está contido na mágoa que Floriano não esconde, cuja dor não tenta apagar. Ele próprio está preso numa ordem particular, e conta apenas com algumas poucas palavras muito bem seletas que o conduzem, efetivamente, em sua marcha solitária.

Rousseau acreditava que apenas um homem sozinho sabe como apreciar seu próprio sentido de ser, e que este homem, em seu estado natural, é feliz. Diderot, na sua consideração sobre o que chamou de filho natural, ironiza o compatriota e garante, Só mesmo um homem mau está completamente sozinho. E Floriano pertence a esta sociedade secreta, da qual é o único membro.

Ele dá as costas ao corpo estirado no chão, olha as palas do cais de Alagoas sustentando o píer e, por baixo dele, um pequeno areal que recurva ao longo da costa. Entre a beira d'água e as pedras, à sombra do pontilhão, vê o movimento de caranguejos, como nos charcos da sua infância, guaiamuns correndo mangues paludosos, traçando rastros breves, a seu modo transversal e triste. Ele pensa nesses dois anos passados na escola de oficiais, no desastre de sua estreia de mãos dadas ao preceptor Bonaparte, cioso das suas receitas de civismo no palco da Praia Vermelha. E tudo isso volta com Floriano nesta visita à parentela do engenho onde nasceu.

Gente daquelas pequenas docas e os estivadores passam sem mais interesse, se benzem e cospem virados para longe. O rapaz permanece no chão, com areia no rosto. Nas trenas, duas fileiras de carga puxam cordas arrastando pela rampa fardos com trouxas, caixotes e arcas. Entre as alas Josina, criança ansiosa, tenta encontrar a bagagem onde estão suas bonecas de pano e cabeça de louça, numa trouxa e em dois baús de couro atados com redes de linhão cru, trançadas por ela própria nos últimos meses, quando Floriano se preparava para voltar da escola de oficiais. E nesta viagem com seu pai e o irmão, ela agora ouve o mestre de estiva, homem de chapéu, calças nanquim e camisa branca, de gola aberta, que grita com a língua pesada, de cima de uma cadeira, como antes Vieira Peixoto gritava com Floriano. Está ouvindo, caboclo?

* * *

O velho Vieira Peixoto é alto e agitado, franzino, de rosto duro, e a barba é grisalha, queimada por um resto de ruivo. Adotou o sobrinho Floriano ainda recém-nascido. Em 1855, quando o rapaz tinha chegado aos catorze anos, Vieira Peixoto trocou Alagoas pelo Rio, onde foi perder parte dos bens financiando gazetas de perfil liberal. Deixou o engenho arrendado ao irmão e liquidou a casa de secos e molhados na capital de Alagoas. Na Corte gostava de lembrar, em público, nas reuniões em família, aos conhecidos, na rua, que ele, Floriano, era por via materna, na geração dos avós, descendente de Acioli Vasconcelos, da República de 1817.

Que figurava como sargento das tropas de linha, o avô desse aqui, e Vieira Peixoto passa a mão na cabeça do rapaz. Pois Acioli seguiu o impulso geral, desposou a Liberdade. Foi fiel à causa, depôs as armas somente quando Xavier de Carvalho, o Sassafrás, tombou a seu lado. Aí, foi preso. Seu avô. Ele foi preso e mandado pra cadeia, na Bahia.

Dois anos depois de chegar ao Rio, Floriano jurou bandeira como soldado-voluntário na guarnição da fortaleza de Santa Cruz. E hoje segue oficial fardado, assistindo a Jo deixar seus votos nas docas de Alagoas, nesta passagem de poucas semanas. Está me ouvindo? E ela se lembra dos dias em que evitavam os olhos de Vieira Peixoto, rindo por trás do cestão de roupas, lendo as mesmas páginas dos mesmos livros de sempre, com mapas coloridos em cor-de-rosa e amarelo, batizando besouros apanhados num caixote de cortiça. Tempo em que Josina, com sete anos de idade, costumava chamar Floriano de Floleão, a flor do dente-de-leão. Um nome que, para ela, traduzia bem os silêncios, as saídas, os levantes desse irmão grave e metido consigo.

Floleão.

Ele não diz nada.

Acabei. Passaram com as malas. Vamos?

Já é hora, ele pensa.

Papai desembarcou, ela diz.

Jo está impaciente.

Vamos?

Floriano concorda, mas não segue de imediato. Primeiro se lembra da última batalha de Bonaparte, Waterloo. Floresta d'água. O imperador perdeu suas refregas mais cruciais na água. E agora estamos de volta às Alagoas. Floriano se vira para o píer, tapando com uma mão o brilho da marina, numa despedida a meia distância dos mastros, das bandeiras e do tombadilho do brigue *Serena*.

2.ª FASE
Juventude

Aluguei um conjugado de quarto e sala no térreo do edifício Acrópoles faz três anos. Queria colocar ali a minha mãe, minhas caixas de revista e fotos, as poucas roupas que tenho, a tevê pequena e uma cômoda de dona Maria Sílvia, que dr. Ramil tinha me dado depois que ela faleceu. A cômoda é grande, são duas fileiras de gavetas. Cabe tudo. Mas toma quase o espaço de uma cama.

Depois da causa contra a Beef's, dr. Ramil me chamou para cuidar da cozinha. Ficou sabendo que eu fazia ponto em restaurantes e num bufê, e na época eu estava sem nada, ainda não tinha sido liberada minha indenização. Então, ele disse, por que a senhora não vai lá para casa? Somos só eu, minha mulher e o meu filho. E quero provar dessa sua comida famosa. Ou não tenho direito?

Ele não estava mangando, e quando fui, dias depois, fiz para os três um arroz de pato. Ele e o menino comeram calados, de olho nas garfadas, às vezes fazendo *hm* entre um e outro gole de vinho tinto e coca-cola. Não lembro se dona Maria Sílvia comentou, ela já não comia quase nada. Ramil Jr. disse que nunca tinha provado disso, achava que tivesse gosto de galinha. Dizem o mesmo de rã e jacaré. Mas pato não tem gosto de galinha. Podia ter, mas não tem. E se parecem pouco. Os patos vêm de longe, não do quintal. Viajam juntos, em casais. E chegam depois de atravessar o país inteiro.

Pelo jeito a senhora é mesmo entendida, hein? Ramil Jr. tinha só catorze anos. Tinha também uma voz que ia de esganiçada a rouca, ele próprio, aliás, como qualquer rapaz nessa idade, soava feito um pato. Dr. Ramil ficou satisfeito, dona Sílvia não foi contra. Então passei a vir de segunda a sexta para cuidar da comida. Na época, tinham também uma arrumadeira e um motorista, o seu Maciel, além de um vigia. Passado o tempo, dona Maria Sílvia faleceu. E, como dr. Ramil não dirige, depois que o menino pegou no carro o velho Maciel foi aposentado. As arrumadeiras foram muitas, mudavam a cada vez que alguma coisa sumia, e a culpa ia para as costas de quem não fosse da casa, ou quem tivesse menos tempo ali, na rua Almirante Alexandrino.

De Alagoas eu trouxe, em 1982, para esta maravilhosa São Sebastião do Rio de Janeiro, duas memórias. Uma fonte d'água brotando de uma pedra e um touro malhado, de máscara negra, as narinas furadas com um aro de latão, ele correndo atrás de mim, eu menina. Eram várias disparadas até que alcançasse o cercado ou fechasse a cancela. Quando esse touro morreu as vacas urraram pavorosamente, um dia inteiro, lembro disso, a impressão que me deu foi de um choro sincero. Da mistura de ervas com gado e gente vem a minha cozinha, e esta será sempre a melhor escola.

Um gosto que me volta dessa época é o do leite ferrado. A jarra chegava à mesa espumando. Na grelha do braseiro ficavam os seixos. Meu pai jogava uma pedra em cada copo e elas, avermelhadas, queimavam o leite cru com mel e mastruz pilado. Associo o leite ferrado à extrema disciplina de meu pai. A disciplina é o principal motor de qualquer cozinha. De outras partes, de duas avós, uma gorda, outra magra, vieram receitas de lugares vizinhos, de fazendas, da Espanha e da Itália. São essas as origens de fora, datam das bisavós. Já meu pai, não se sabe de onde veio. Batizou os filhos com nomes do Antigo Testamento. Adonai, Baruque, Joatã, Rute e Sulamita, além do meu. Mas o sobrenome foi inventado por ele próprio. Fugia de quê? Vejo uma foto de meu pai, e penso, sírio-libanês, negro, maçom? O fato é que ainda não tenho certeza. No final da vida, apesar de desenganado pelos médicos, saiu de um coma de três meses, fez ginástica e levantou um pequeno prédio de apartamentos em Maceió, onde viveu e de onde tirou sua última renda. Sobrinhos, netos e bisnetos se encarregaram de dilapidar isso também. Concluo, mesmo a mais perfeita de todas as receitas vai sempre poder ser estragada nas mãos de terceiros.

De minha mãe aprendi a dedicação aos outros, o trato das carnes e alguma coisa com massas batidas na pedra de casa. Ela, agora, esquecida do presente, fala com os olhos voltados para o marido morto. A simplicidade de ervas, molhos e xaropes é em minha mãe um traço difícil de imitar. Quem cozinha se dá. Não falo mais dela por respeito, pois no estado confuso em que anda ainda acha forças para me corrigir com um riso que parece alheado e, do nada, se mostra atenta ao que está acontecendo aqui, comigo, na casa em que, dizem, morreu o marechal Floriano. Como pode ser, se está tão longe das coisas, se nem sabe que agora temos uma presidenta mulher? Quando chegar à idade da minha mãe, vamos ser bem diferentes uma da outra. E é natural. Pois dei as costas à casa quando eu ainda era muito, muito menina.

Nos vários empregos que já tive, de pé, em cômodos escuros, na frente de pias e fogões encardidos, costumava ilustrar minhas leituras com o facho de uma lanterna. A instrução jamais foi simples no meu caso. Aliás, Deus está na duração em que a luz leva para chegar da página aos olhos do leitor. Benditos sejam os leitores. Mas entre os idiotas aí sentados, de livro no colo, há sempre um de traje berrante, marginal de pose, que vai perguntar sorrindo se não seria possível acender o abajur da sala ou passar a página com mais calma, minha senhora, pra que a gente possa ver Deus. Ou a tal da consciência social. O pedido não faz sentido nenhum. São sempre os intelectuais chiques, movidos a entorpecente, que têm o tempo inteiro do mundo e levantam as questões idiotas. Mas devo a essas empulhações o meu emprego na Almirante Alexandrino e, folgando nos fins de semana, a dedicação às minhas recordações.

Foi no mercado que Ramil Jr. me veio com a pergunta sobre por que voltar no tempo, pra que ler história. Com isso ele queria dizer História. Tinha me trazido de presente uma revista velha, com o marechal estampado na capa. Quando me virei para ele, dei, ali, no menino que vi crescer, com a cara de um moço de cabelos longos, escuros, de camiseta preta, o braço tatuado e, brilhando no dedo mindinho, um anel de caveira que faiscava quando ele acenou para mim. Recebo solicitações dessas em situações semelhantes. Não sou maçante nem bronca. Tive berço. Sei me portar. Entro e saio dos lugares, as pessoas comentam, sabem de onde venho. Um incomodado com isso me disse certa vez que eu era o tipo de entulho nordestino educado por coronéis em colégio de freiras. Só pode ser filha de coronel, não é? Hein? Ocorre que agora estou aqui, não estou? Livríssima. Contando o que me vem à cabeça. E, olhe, não sou professora nem nada, seu ratinho. Canalha. Filho duma bruta.

Floriano está de cócoras, na sala, ao lado dos irmãos e primos cujos nomes todos não consegue lembrar. Observa a mesa farta de carnes e, ao redor, as paredes brancas nos quatro cantos da sala. Continua imóvel, junto a seus consanguíneos, anônimos e agregados à casa. Sombras que se animam no vão do reboco roído.

Os adultos já estão à mesa. Por horror ao exagero Floriano não compete com os primos e meios-irmãos nos mergulhos no rio nem nas brincadeiras dos últimos dias. Ele se abraça aos joelhos e à cabeceira direita vê dona Ana Joaquina, sua mãe, magrinha pelos dez partos e que, na segunda semana após seu nascimento, entregou Floriano ao cunhado Vieira Peixoto, que lutou na disputa entre os Lisos e os Cabeludos, a seguir à maioridade de Pedro II. Vieira Peixoto é dos Lisos, o que significa dizer, dos liberais. Do Partido Liberal.

Ainda me preocupa muito esse país, ele fala, e os que estão à mesa concordam prontamente. Com isso queria dizer que, na história do Brasil, Essa quadra difícil à qual você pertence, Floriano meu filho, ainda é atormentada por patriotismos de fuzarca.

Não era como no tempo dele, que se bateu em grito e pólvora preta contra os louvaminheiros do velho regime. O coronel faz um gesto largo. Mas o que ressoa diante dos outros pais de Floriano, dona Ana e seu Manoel, Maneco, é o sinete meu filho que o velho põe na frase. Impressiona, ainda mais, o fato de que Floriano não chame ao homem que o adotou de meu pai ou meu tio nem de padrinho, mas de senhor, ou apenas pelo sobrenome.

Vieira Peixoto olha Floriano em silêncio. Observa seu afilhado de cabelos pretos, lisos e corridos, os olhos pardos, do tipo a que chamam indiáticos, de fronte larga e rosto oval, com promessa de bigode e suíças sumárias.

Plácido como um tupi, ouvi dizer de seu próprio colega Dionísio Cerqueira, nota Salm de Miranda. Esse mesmo colega chama Floriano, em suas memórias da campanha do Paraguai, de caboclo mitrado. Tudo isso, ao lado dos fatos físicos, morais e psíquicos, foi tomado como indício de sua ascendência indígena. Mas permanece, na avaliação de um dos seus pósteros, a sugestão do general Miranda. Pela espontaneidade com que lhe foi entregue e pelo amor que este lhe dedicou, já houve quem tenha maliciado o nascimento de Floriano, insinuando que fosse filho adulterino de seu padrinho, Vieira Peixoto, com a própria cunhada, a parda Ana Joaquina.

Apanhe a farda e se vista, Vieira Peixoto diz. Depois volte. Uma sensação esquisita desperta em Floriano. Sempre que escuta a história dos Lisos e dos Cabeludos, quando o pai guiou colunas convergentes contra a presidência da província, ele se impressiona.

Imagina o então presidente de Alagoas fugindo da capital, encovado numa besta, disfarçado de padre, o chapéu de palha roído, e roendo-se, com a barba de sete dias. Floriano ri, sentado ao pé dos fornos de fora, à sombra da parede na olaria. Depois do almoço, seus primos e irmãos saem pela lateral da casa. O Rio absolutamente não é aqui. Floriano passa os olhos pela campina em volta, dos casebres, da *rua*, a senzala onde atam os escravos. No Rio, olhe para fora e há o mar, ilhas aos montes. Olhe para dentro, pedras altas, ruas, muitas inteiramente de pedra, casas e sobrados de três, quatro andares, as fortalezas a postos. No Rio vão os estrangeiros e o lento jogo dos navios.

Ramil Jr. não estava sozinho no supermercado. Posando ao pé dele tinha um engravatado que ficou me olhando sem se apresentar. Recebi o aceno no balcão do peixe. Deixei que Ramil Jr. chegasse perto e se explicasse, espremido na fila ao lado do outro. O rapaz falava mais do que o manequim, que era com certeza, na conversa, apesar de mudo, o cabeça. De vez em quando desapareciam por detrás dos fregueses. Dava para ver só um pedaço do terno azul-marinho e da gravata amarela, listrada, que o confrade de Ramil Jr., o tal cabeça, vestia. Queriam saber se eu podia ficar para fazer o jantar de amanhã. Se eu me dispunha ou já tinha feito planos para sair. Respondi que tudo bem. O dr. Ramil, pai de Ramil Jr., gosta de sopa de peixe.

Então, não tinha problema, sopa de peixe. Podia fazer uma sopa para todo mundo, com pão de alho. Disse a ele, Eu fico e faço uma sopa. Ramil Jr. bateu palmas. Ah, que ótimo, ele disse. O meu mestre aqui, e apontou para o engravatado, também vem pra o jantar. Não tem problema, eu disse. Faço uma sopa de cabeça de peixe. E Ramil Jr. deu um pulinho, Putz, o pai adora.

O engravatado era professor. Pensei numa sala de aulas no subúrbio, com janelas vazadas a pedrada e gente universitária com seus dós de idealismo falido, propensos à bebida. Este então era o tal professor, ora, viva. E vestia sua roupa de missa. Vamos a isso, por que não? Segui comprando o meu peixe, ouvindo Ramil Jr., mas não ouvindo o tal mestre, que, mudo, bancava a solicitação com acenos de cabeça e monossílabos de colorido doutoral. Esse é um tipo que prefiro nem comentar. Não nos demos bem, e isto já a partir daquela conversa, do discurso de Ramil Jr., que interrompi com uma pergunta sobre qual era a ocasião. Se a data era festiva. Que data que nada, ele só vem jantar, o pai disse que ele viesse comer, o professor publicou um artigo sobre os sentidos da política, não é isso? Os seis sentidos da política. Maravilha, né? O mestre sacudiu a cabeça, em silêncio, tenho certeza de que engolia a vontade de explicar o que era aquilo. Escolhi o peixe na vitrine do balcão, tirei a carteira da bolsa, paguei um quilo e duzentos. Ouvi uma agitação no fim da fila. Era com certeza a presença dessa dupla, pensando numa sopa rica, nutrindo o tumulto dos seus acordos mirabolantes, na calada de cafés e botecos, por assim dizer, por baixo das mesas, em gavetas onde essa gente guarda suas frases finas.

Alô? *Alô*. Amanhã às sete, a senhora ouviu? Ouvi, meu filho, tudo certo, eu disse. E ele me olhou, riu longamente. Gostosamente. Essa foi a única vez que vi Ramil Jr. sorrindo desse jeito, tão falso. Então o professor se despediu com um aceno, e os dois foram tomar um café em algum ponto gourmet da cidade. Isto foi hoje cedo. E a partir daí comecei a pensar mais e mais no meu passado. No meu passado e não só no do país. Revi um pouco do que veio comigo, de longe, de onde venho, de como servi a quem servi e, sobretudo, por quê.

Sem motivo, e com força, o primo Reginaldo Inácio cutuca Floriano, ele sente a pontada entre um braço e a garganta. Reginácio tinha gracejado quando Floriano voltou à sala para que os da mesa vissem seu uniforme de oficial da Praia Vermelha. E agora Titio dá mingau a filhinho. Gagau de ouro. Pra soldadinho do Brasil, e estouram na gargalhada. Ele não responde. Sente onde foi tocado pelos que estavam escondidos ali detrás, outros que nem tinha notado e agora fazem coro, ô, ei Soldado del Rio, e mais alto, ó aí o Caboclo do Brasil. Floriano se levanta e caminha para longe. Olha para trás não para rever a turba, mas os parapeitos da casa, acaso Jo estivesse ao alcance dos gritos e notasse o alvoroço janela adentro, alto, no ar, a palavra caboclo gritada várias vezes, e justamente, estranhamente, com o nome do país.

É um país de homens, e os homens são porcos. Voltam estrondos de antes, dos grupos, seus pares, rapazes em coro caçoando, perguntando, marchando como Floriano, e de novo ele se sente mal. Queria agradar ao pai e desagrada a seus iguais, queria a calmaria da visita e lhe cospem na alma essas provocações, as saudades dali, de outros tempos, do Rio, paisagens que vão longe. Dizem os ciganos, a distância abafa roncos e rugidos. Floriano caminha mais rápido. Titio. Papinha. Ouro. Imperador. Difícil é seguir seu passo de soldado. Ele detém a marchada apenas quando avista o pé de castanhola largando folhas roxas, amarelas, verde-claro. Frutas ovais com caroço e pouca carne. Dessas não dá pra se comer, Vieira Peixoto avisa. Que é coração-de-negro. Mancham e encalombam o chão. E o zumbido em volta aumenta. Floriano ouve as cigarras. Tenta não tapar as orelhas, fazendo conchas com as palmas da mão, e então se baixa e fica de cócoras entre as tramas do tronco, já onde ele e Jo estiveram juntos, ali, quando umas poucas vezes vieram fazer qualquer coisa que não soa bem à família.

Os dois costumam andar lado a lado, falando de livros, e sempre, alguma hora nessa extensa conversa, brotam as campanhas espetaculares do Napoleão francês. Jo escuta com interesse. Ele se admira, pensando que ela não fizesse diferença entre generais e fadas. Raramente se vê Jo sorrindo, mesmo quando agarrada às bonecas. Floriano nota isso ainda quando ela se esmera nas letras cursivas, no cumprimento das barras da saia, em sua ausência nas brincadeiras de rio, tal como brincava, ao contrário, antes, no Rio, e de repente parece a Floriano que foi ele quem lhe tirou essa ingenuidade.

Quando afinal Jo passou a ficar incomodada, Floriano via ao fundo da casa, lá no Rio, abanando nos varais os paninhos, toalhas e lençóis bordados com as iniciais *JP*, a mão, no canto das peças. Linhos com borras de carmim lavado. Floriano desata as calças e se escora no tronco. O sol frio espalha no chão uma sombra oval. Ele fecha os olhos. Não sabe tomar distância, doem a cabeça e a cantoria das cigarras. Doem os linhos de Jo acenando como a língua de Reginácio, rapaz infantil e invejoso, sem respeito à pátria nem medo de que Vieira Peixoto pudesse ouvir quando ele caçoa alto, peidando, mostrando o dedo a Floriano, mostrando esse dedo à farda. No Rio não é assim. No Rio de Janeiro ele seria preso. Melhor subir, esconder-se lá no alto? Gentil alertava aos rapazes, a seus cadetes de várias ordens e procedências, A defecção é o mesmo que defecar na família. Bem na cabeça da família.

Agora, o cicio das cigarras dilata o silêncio. Floriano admira esses insetos. Odeia as carcarejadas na escola e em casa, quando lhe apontam as culpas ou pedem que responda se é o cavaco do padrinho e tem a farda empenhada, e só goza a companhia de uma moça ainda fedida a leite. De cócoras, apalpa no bolso a carta de designação, sente os joelhos e a bainha das calças meladas de terra, os cotovelos da casaca agatanhados pelo tronco às costas. As mãos estão ensebadas. Ali, debaixo da árvore, dois anos após a formatura e o fiasco de mãos dadas ao gentil preceptor Bonaparte, após aguentar o entrudo carioca, que é no Rio a única coisa da qual não sente falta, Floriano considera a trajetória do Napoleão francês, ou corsa, ulcerado, mercurial, de baixa estatura. Tinha amigos, pessoal, reforço. E Jo concordaria, sorrindo com os dentes, apertando suas mãos na pausa da conversa, quando então ele sente o visgo das bagas decompostas no chão, num fim de dia soando seus batalhões de cigarras. Então Floriano limpa as mãos na farda, apanha o cinto de fecho aberto e põe o pau para dentro das calças.

Estavam todos sentados, com as mãos no colo ou na toalha, a cara de frente para a louça, e vinha eu trazendo a sopeira grande em forma de taça, com as beringelas ainda no forno, quando o professor de Ramil Jr. me fez a tal pergunta sobre a cozinha ser uma língua universal. Parei no meio da sala. Eles fizeram silêncio. Maura colocou a cabeça para fora da porta da copa. O dr. Ramil disse que eu deixasse a sopeira na mesa e viesse me sentar. A senhora veja, o professor quer saber da nossa causa, hein? E espalhou os braços, mostrando, ali na sala, na amplidão daquele sobrado, a alegria de sua vitória na disputa da ação trabalhista em meu favor. E o professor falou, Então a senhora me conta como foi? Ramil Jr. puxou uma cadeira para mim, onde a *bisneta* do marechal fosse sentar. Depois a senhora pode ir, está livre, foi o que dr. Ramil disse. Mas, antes que eu pudesse falar, ele contou ao mestre que a Beef's tinha entrado no Brasil há uns vinte anos, depois de comprar uma cadeia de lanchonetes gaúcha. Dali veio se espalhando para cima do Brasil.

Tem o Beef's Supreme, com ovo frito, e o Xis Beef's, com queijo. Já teve um Beef's Picanha, que não era feito com bolo de carne mas com tiras do corte na chapa, era o mais caro. O Beef's Dublê tem dois andares, e o Natura vem sem pão, com a carne embrulhada em folhas de alface. Entrei na época dos Espetinhos Beef's, quatro ou cinco almôndegas num palito, com molho vinagrete, agridoce e coquetel. A carne na Beef's é pré-cozida, depois frita em caçambas de óleo. A mistura é moldada em forma de bolota ou patinho. O dr. Ramil disse que encontraram ali dentro, ainda na minha época, farelo de soja, frango e ossos, tudo misturado a gordura de várias qualidades, para formar uma massa esponjosa. Associo essa massa à inhaca do óleo das repetidas frituras e aos bonés berrantes, de cor alaranjada, com a estampa de um boi de chapéu decorado na testa. De longe, as Beef's cheiram a banha, ketchup e cabelo queimado.

De repente, diz o professor, à mesa diante de Ramil & Ramil, entre colheradas de sopa, Nós não sabemos o que é o aroma, o que sabemos é que ele não forma parte do eu. O olfato aprecia a intensidade, a qualidade e a duração dos odores, sempre ajudado pela memória. Por sua vez, o gosto é a faculdade pela qual notamos os sabores, e a senhora disse isso muito bem, bravo, mas a respeito do gosto o que se sabe é que também não é parte do eu, não está na pessoa. Ora, a cozinha é uma arte no encantamento do olfato e do gosto, que, aliás, hoje em dia nem se chama mais gosto e, sim, paladar. Concordam?

Realmente, isso não me importava nem um pouco. Pensava em outra coisa, lembrava das três meninas que entraram comigo numa das primeiras Beef's. Ficávamos num banco, encostadas na parede do corredor entre a cozinha e a saída dos fundos, que dava numa pequena rampa de carga. Ao lado do relógio de ponto tinha uma prancheta marrom, separada com a lista dos funcionários de jornada móvel, que eram maioria. A Beef's faz propaganda com atendentes de riso aberto e o boi de chapéu grande na cabeça. BEEF's. O GOSTO É AQUI. Ainda está nos cartazes. Quando entrei, os clientes apareciam e desapareciam. Os sanduíches custavam caro, eram programa de passeio. Pra esse movimento maluco, um gerente me disse, só mesmo com funcionário que também vá e venha, e trabalhe quando tem trabalho, assim é melhor pra todo mundo, entende? Éramos os móveis do mundo Beef's.

Cheguei a contar uma fila de onze, nos fundos, esperando pelos clientes. O gerente chamava uma por uma na ordem de chegada, só quando aparecesse o que fazer. Pegávamos às vezes uma jornada de hora e meia num dia inteiro de trabalho, com vistos de entrada e saída na prancheta marrom. Não esqueço do meu primeiro gerente, um esforçado do cabelo pastoso, homem de fé batista. As Beef's não permitiam sequer que os funcionários trouxessem almoço de casa. A comida era tirada em vales. E com jornadas curtas, os móveis pegavam poucas horas na semana. Nas sextas-feiras ainda deviam a boia adiantada, que tentavam pagar em hora extra, azedando embaixo da prancheta marrom, sentados naquele corredor fedido.

O professor me interrompeu de novo, O olfato não é parte intrínseca do eu, o gosto também não, já a memória, esta é, pois não há eu sem a faculdade de saber ter durado no tempo.

Ramil Jr. falou, Ouvir essa merda me dá é vontade de ter nascido vegetariano.

O dr. Ramil, calado até ali, disse, A senhora sabe, é como se fosse da família. Aliás, cadê a beringela? E a nossa ação contra a Beef's? Acabamos com a fraude dessa tal jornada móvel. Não foi?

Não respondi. Associo a jornada móvel ao cheiro das caçambas de óleo chiando com carne de terceira, no curso de dias de pouco movimento, a carne lançada nas chapas, compondo uma refeição adiantada aos móveis do mundo Beef's. Pessoas iguais a mim, que alternavam o assento, de olho na porta envidraçada, na torcida por um feriado ou jogo de futebol num domingo como este, em campo próximo, quando a clientela, engrossada pela vitória, viesse fazer festa com as suas pequenas esponjas de carne. Ramil Jr. me olhava na cadeira, calado, do outro lado da mesa. Ele e o pai prestavam atenção a esse pedaço já conhecido de minha vida. Ou talvez estivessem enfadados. Não sei. Quem mandou ir me sentar? Só a visita era quem balançava a cabeça, diante da sopeira morna no centro do serviço. Então, incomodada, me levantei. O professor se mexeu para um lado, para outro, endireitou-se, e recomeçou.

Ora, mas aí está o imperador Marco Aurélio, o grego, o greco-romano, ele próprio oferecendo uma lição, e isto só considerando os sentidos. Não é certo? Pois é o Marco Aurélio na classicíssima tradução do Jaime Bruna. Meditação 28.ª do livro 5.º, ouçam. Diz ele, e eu cito. Tu te irritas com quem tresanda bodum? Tu te irritas com quem tem mau hálito? Que queres que ele faça? Sua boca é assim, suas axilas são assim, tais partes hão de ter por força tais exalações. Suscita com a tua faculdade racional a sua faculdade racional, demonstra-lhe, lembra-lhe. Se te der ouvido, curá-lo-ás de seu fartum e será escusada a irritação. O professor concluiu, Ora, nem ator trágico, nem meretriz. Voilà. E o Marco Aurélio escrevia duzentos anos antes de Cristo, já pensaram? Não é lindíssimo? Então sorriu satisfeito.

Uau, Ramil Jr. falou, de olho em mim e no pai. Mas ninguém tinha nada a responder, nem a perguntar. O professor serviu-se de outra concha de sopa. E Ramil Jr. disse, Ela é parenta de Floriano. Incrível, hein?

Ah, mas que forte, o professor disse. A ancestralidade. Coisa fundamental, e hoje em dia já quase esquecida. Concordam? Sei que nisto estou certíssimo. Vejam. *Teu passado te condena*, diz o populacho. Essa é uma clássica. Aliás, não foi o Nelson Rodrigues?

Pedi licença e fui buscar as beringelas. Na cozinha Maura me olhou e disse que se encarregava da copa e também do resto. Subi para o quarto e pus a cara na janela de cima, que dá para trás. Tinha parado de chover. Liguei o ventilador, tirei o aparelho de ouvido, dois feijões prateados, e coloquei o par num pires, em cima da cabeceira. Então sentei para folhear a revista com a estátua do marechal na capa. Agora só ouvia aquele zunido fundo, distante, familiar. A verdade é que já me sinto tão, tão cansada. Cansada de praticamente tudo. Tenho cada vez menos paciência com as coisas. E menos ainda, acho eu, com as próprias pessoas.

* * *

Ele se apalpa nos cós das calças e se acha molhado. Olha os pés, vê no chão a penumbra da árvore. Sente que é o senhor das indecisões, sente o intestino lasso. Sente que não pode voltar sem acidentar a farda, sem as piadas dos primos e toda essa zorra vingativa, sente isso com um profundo mal-estar. Então, enlaça os dedos por trás da nuca. Escorre as mãos pelo cabelo, tem vontade de tapar os ouvidos e sumir dali. Meter cera de abelha nos tímpanos e não baixar mais do céu. As manchas nos linhos de Jo já tornam a moça madura demais, e isto também segue com Floriano. Fazer conchas com as palmas da mão, tapando as orelhas, e evaporar dali. O coração lateja e lhe ensopa a farda. Quando é chamado de caboclo, na zombaria, soa estranho. Mas quem é que sabe o que os apelidos realmente significam?

Woloch conta que os ministros de Napoleão, par mesure de haute police, não toleravam o xingamento ao imperador. Quando um bêbado de alta classe ofendeu os gendarmes locais, piorou a situação chamando Bonaparte de Bonneatrappe, bomquetecata, boteatranca ou bomdeataque, como se o imperador cheirasse a intolerância. O irreverente foi esfriar na prisão por oitenta dias, quatro vezes vinte, aprendendo o respeito ao herói que o universo tanto admira. Já Piecq, barqueiro de Condé, não teve a mesma sorte. Na bebedeira, titulou o imperador de Bonneatrappe, e o culpou de matar o povo francês e buscar a ruína do mundo apenas para satisfazer suas ambições, mas que se um dia topasse com o pequeno césar, à noite, numa noite como aquela, o problema logo acabaria. Woloch refere que Piecq foi preso na mesma madrugada. No isolamento, por preventiva de haute police, sua mulher implorava pela soltura, dizendo que o marido se arrependia do xingamento, da ameaça, não usou a palavra ameaça, Cada dia na cadeia ele está murchando e parece que vai morrer. E não exagerava. Piecq morreu na prisão. Na época, Napoleão já havia cometido ofensas graves, escolhia seus chefes de polícia a dedo, adulava os magistrados e luminares do pensamento. Era membro da Academia de Ciências de Paris.

E me admira que você creia nas biografias e também nas fábulas, e ainda queira ser um homem da ciência. Jo se refere ao fato de Floriano optar, na escola de oficiais, por um diploma em ciências físicas e matemáticas.

Coisa tão física são os frutos roxos à sombra do sol baixo, os guaiamuns e cigarras que se movem com a lentidão de costume, a língua de Reginácio brotada numa garganta de lodo, bichos de corpo grosso e cônico, do comprimento de um dedo, olhos salientes e elípticos, e entre as pernas um biquinho com que largam o silvo agudo. Seu dorso é coberto por quatro asas transparentes sobre uma casca dura, e cabeça, pescoço e olhos de cor azeitonada. Nos bosques e matas, à tarde, impera o ruído de uma multidão desses insetos, que sem motivo algum começam *gir, guir, guir*, e depois, *szi, szi, szi* continuam dez mil vezes ou mais, de um só fôlego, para afinal estourarem após um assovio dilatado.

Segundo Ornelas Lima, Coladas à casca das árvores, as cigarras, mortas no fim da sua cantoria, estão prontas para ingressar nas fábulas. Ele também aponta que as formigas dão bons soldados. As cigarras, por sua vez, sonham. Ignoram a previsão do tempo.

Primeiro de turma, recém-saído da escola da Praia Vermelha, o 2.º tenente Floriano é classificado no 3.º Batalhão de Artilharia a Pé, na província do Amazonas. Mas sua Fé de Ofício não indica a razão pela qual não assume o posto. É possível que a designação para o Corpo de Artífices da Corte tenha se dado por influência de Vieira Peixoto junto aos gabinetes de predomínio Liberal. Em 1863, ainda no Rio, que considerava sua casa, Floriano é promovido a 1.º tenente. Nos dois anos subsequentes há um branco no registro dos seus assentamentos. Por onde andava o tenente de artilharia entre os vinte e quatro e os vinte e seis anos? Nos boletins dos grêmios e no anedotário da Escola Militar, ele é jovem recatado e forte. Floriano era pintor dos panos de boca de cena. Dava passeios a pé pelos subúrbios aprazíveis, morro acima entre as matas altas, assim evitava a orla, evitava os barcos. Visitava semanalmente bordéis no Centro e também próximo à Alfândega. Desenhava em cadernetas diferentes tipos de vagina. Via no Corcovado e na Serra dos Órgãos formas e volumes de mulher. Até mesmo a boca em couro na bainha do sabre lhe lembrava a coisa. Frenético, se provocado, respondia mudo, com zanga física excessiva. Vários se referem ao fato. Sua força e sua destreza nos treinamentos marcaram a memória dos que frequentaram a mesma unidade. E houve o caso de Floriano ter sido preso por uma semana após surrar seu colega Luiz Antônio de Miranda Freitas. Talvez por isso mesmo andasse tão só, e longamente, capaz de sumir por horas a fio, tal como ali, em Alagoas, nesta volta que o seu pai quis fazer à terra de antes, para conferir os negócios com o irmão Maneco, e dar a todos uma notícia, pessoalmente.

Floriano mal havia dormido na noite anterior, perseguido pelo plano feito por ele e Vieira Peixoto. De novo vinha à sua cabeça a figura de Gentil expondo com nitidez, na sua voz rouca, de cara parda, brotada do uniforme azul, Que a dedicação à pátria era vocação superior até mesmo à vida eclesiástica, já que toda reverência a Deus é certa, e *justa*, mas daí não procede que o clero se leve a sério ou dê-se ao respeito, e dizendo isso Gentil parava. Fazia sua pausa moral. Afinava os lábios num aperto leve. Assim é como Floriano invoca as imagens de sua formação recente, dos colegas, de uma visão bastante outra, talvez falsa, que o preceptor tinha do Império, em que este era descolado da religião, ao contrário da que Vieira Peixoto havia inculcado na família. O liberalismo, o monarca e Deus, entre os três seu pai traçava uma linha contínua, sem intervalo de nenhuma natureza. Pois era natural que a fé levasse à monarquia constitucional, temperada pela atribuição moderadora do imperador. De volta ao engenho Riacho Grande, vila de Pioca, hoje Ipioca, onde nasceu, Floriano considera essa diferença. Pois, para o fusco e nervoso Bonaparte fluminense, entre Deus e o monarca, entre o Estado e a hereditariedade, não havia sucessão. Uma coisa é uma coisa, outra coisa é outra coisa. E o preceptor ilustrado punha no palco seus diálogos marciais favoritos, em que crenças, linhagens e senados eram desfeitos e refeitos por heróis de vocação igualitária. O privilégio é um ferro, ele dizia. Felizmente, neste mundo tudo muda. Tudo.

Felix qui potuit rerum cognoscere causa. Feliz aquele que pode perscrutar a causa das coisas. Agora, longe da casa-grande, dos olhos de Vieira Peixoto e de Jo, das pilhérias de Reginácio, Floriano queria calma. Cria coragem e cobre os ouvidos com as palmas. Sente os pés descolarem do chão. Levanta o rosto, aperta os olhos e apanha o sol da tardinha. Perde o equilíbrio, então pedala. Mexe as pernas, gira os quadris e os ombros, começa a subir. Pedala e aperta as mãos contra as orelhas. Aos poucos somem as cigarras e o ruído das folhas na castanhola. Queria ser homem da ciência, como Bartolomeu de Gusmão, padre voador? Floriano voa. Sobe devagar como um balão de papel. Passa a copa da árvore e somem os detalhes do chão. A distância, as tramas da natureza, as lisas como as crespas, lembram as partes dilatadas de uma mulher que se deita. Floriano torce o corpo em espirais. Se tomasse distância do ponto de subida, encontraria o caminho de volta? Já a pouca altura gelam suas entranhas. O vento lhe atravessa o brim das calças. Ele olha em volta. Trinta metros abaixo vê roças de milho e macaxeira, hortos de fruta e glebas em castanho e verde-claro. Quando passa dos oitenta metros, avista as chaminés do Sant'Anna e a do Bom Pastor. Mais alto, clareia entre as plantações a via para Maceió e aquela de antes, dita Estrada Real, que chega à balsa na travessa do São Francisco.

Quando pensa em toda essa extensão, sente frio. Subiu de mãos sujas, com o fecho das calças desabotoado. Contra o plano que alcança o lado escuro do horizonte, Floriano avista as silhuetas das igrejas de Nossa Senhora do Bom Parto, a de São Luís, a dos beneditinos, a de São José do Egito, com suas torres de janela e cruz, e os telhados das casas de fazenda, avarandadas e anchas. Os braços se cansam de cotovelos para cima. Floriano relaxa as mãos. Subiu demais. Olha para baixo e vê, próximo à casa, longe, feito brinquedos, as bestas e carroças aguardando a manhã, quando todos eles, Floriano e Jo, e Vieira Peixoto, todos eles tomarão o caminho de volta ao Rio de Janeiro. O Rio e as suas pedras altíssimas. Agora começa a baixar. O Rio e as escolas, a biblioteca, o jardim do imperador. Floriano modera a descida cobrindo as orelhas. O vento infla suas calças e a casaca, que estala batendo as abas. Rumo ao chão, segue frio e fofo como um boneco judas. Pensa na queda e se apavora, talvez pare longe demais, ou então morra. Gira o corpo com força, para os lados e para trás, maneirando a descida, e baixa súbito, de estômago embrulhado, sentindo a pressão nos olhos e nas bochechas.

Afinal toca os pés no chão, com todo o ímpeto da queda. As pernas e os tornozelos beliscam como se abelhas lhe agulhassem as carnes. Floriano desaba no chão. Embola na areia com as mãos fazendo punhos, de olhos fechados e rosto engelhado. Por um instante permanece de braços abertos, o coração latindo. Atenta em redor, para lá e para cá, e pensa que se deu bem.

Está no caminho da casa. Deixou para trás a árvore.
E agora, de pé, começa a andar. Refaz o caminho de
peito pesado, sem pressa, cheio de desassossego.

Maura subiu e veio bater à minha porta eram mais
de dez da noite. Colocou a cabeça para dentro e perguntou se podia entrar. Eu disse que claro, ainda não
tinha dormido. E, se tivesse, agora era tarde, ela teria
me acordado, não teria? Mas ela não respondeu. Sabia
que a culpa não era da coitada. Maura disse que dr.
Ramil foi quem falou para me chamarem assim mesmo, apesar da hora. Não há hora para o quartinho de
cima. Aqui somos somente eu e minhas revistas, meu
rádio, a tevê de antena. Desci imaginando o que é que
queriam. Outra sopa? Uma canja com torradas? Ou
então falar de política. Os seis. Sentidos. Da política.
Como diz aquele outro, Ah, nisto sei que estou certíssimo, concordam? Com toda certeza o professor ainda
não tinha ido embora. Devia ter ficado para o cafezi-
nho com doce e digestivo, a cargo de Maura, que nem
sequer me ouvia mais, já tinha deixado meu quarto.
Então calcei os sapatos e desci atrás dela.

 Fui encontrar todos na sala de estar. Na mesinha
de centro estavam três copos de cerveja, pela metade,
e vinho do Porto. A tevê estava ligada num plantão
de noticiário. O professor e dr. Ramil tinham as caras
enterradas no telejornal, com uma âncora de voz solene, jaqueta azul-marinho e blusa salmão, chiquérrima,
comentando as imagens que passavam em flashes, às
vezes na tela inteira, outras num quadrinho ao lado
do rosto dela. Eram grupos de pessoas correndo pelas

ruas, à noite, provavelmente ainda hoje à noite, alguns de capuz e pedras na mão, outros com telefones apontados para uma fileira da tropa de choque, no Centro. E dr. Ramil me perguntou se eu não queria ser testemunha da minha heroína, a presidenta Dilma. Vi piscar uma esquina da Cinelândia. Mostraram fotos do que a apresentadora chamou de quebra-quebra daquela tarde. A vitrine de uma lanchonete estilhaçada. Alguém dando com os pés no gradeado de uma boutique. Agências bancárias fechadas com tapumes, cavaletes nas calçadas, cartazes flutuando por cima das cabeças.

O professor tomava as cenas como quem saboreia um conhaque raro, lambia os beiços com a ponta da língua. De vez em quando lia as palavras de ordem, baixinho, como se para ele mesmo, fazendo um ar risonho, para todos ouvirem, Olhem pra isso. Nem Copa Nem Olimpíadas. Educação & Pão. Abaixo a Tomada de Três Pinos. Dr. Ramil balançou a cabeça, ratificando a sensação que se espalhava na sala. Falou apenas, Radicalismo apolítico, é isso. Massa de manobra *total*, Ramil Jr. disse, e o pai concordou. Os evangélicos andam de orelha em pé, a polícia muito arisca, todo mundo ferroando todo mundo. Quem sabe onde o país vai parar? Essa última foi do professor. Era, com certeza, como ele próprio tinha dito sobre a culinária e a língua universal, era uma pergunta retórica. Mas Ramil Jr. não perdeu tempo e respondeu, olhando para mim, O país vai parar é na sarjeta da história. Procurei em volta e Maura não estava, evitava o trio escondida na copa. De repente dr. Ramil baixou o volume da tevê. Ninguém entendeu, então olhamos para o lado dele. O celular tinha vibrado, e ele puxou o aparelho do bolso para atender a chamada. Era raro ligarem para a casa a essa hora. Só mesmo Ramil Jr. ficava até as altas, no quarto com os pôsteres do ônibus espacial e da boca dos Rolling Stones, com a porta aberta falando ao telefone, assistindo a campeonatos de luta livre e programas sobre o mundo animal. Ou, então, virava a noite bebendo a portas fechadas, gritando, fazendo nojeira com Taís, que às vezes chega tarde, vai para a copa e senta mascando chicletes, de riso aberto para o celular, esperando ser servida. Aliás, imagino, por onde anda essa bandidinha?

De repente o professou falou, Qual é a forma de existência correlacionada à publicidade da mente? Qual é o *bios theoretikos*, a vida intelectual, que corresponde ao *general intellect*, há? Num escrito da juventude, Aristóteles comparou a conduta do pensador ao *bios xenikos*, ou seja, o modo de viver do estrangeiro. O filósofo se comporta como um exilado porque evita as aglomerações públicas, põe em surdina a pluralidade de vozes dissonantes que se levantam na cidade, reduz ao mínimo as trocas com o mundo. Ele estava sentado, de pernas cruzadas no sofá, girando o relógio no pulso direito. Os sapatos de couro tinham manchas de água e arranhões na ponteira e nos calcanhares. O professor falava explicado, gaguejante, tentando dar às ideias um colorido relevante, frente às imagens do noticiário daquela noite. E continuou, Pra aceder à vida do pensamento, que também é comum a todos, ele deve desertar da comunidade política, separado da multidão dos homens. Fica evidente que o próprio conceito de pensamento público se contrapõe ao do *bios theoretikos*, da vida intelectual. Mas fica ampliadíssima a analogia entre *bios theoretikos* e *bios xenikos*, ou seja, entre o pensador e o estrangeiro. O professor fez uma pausa. E acrescentou, A xenofobia é, por natureza, anti-intelectualista. Houve um silêncio. Então pai e filho voltaram a cabeça para a tevê sem som. Passavam cenas de uma aglomeração no Campo de Santana. O professor disse, São palavras de Paolo Virno, filósofo italiano. Filosofia política, claro está. Ninguém lê mais os italianos. Logo eles, que inventaram o pensamento político. Aqui basta mencionar só um nome. Nicolau Maquiavel. E não preciso dizer mais nada. Concordam?

Os outros dois balançaram a cabeça, mas ninguém comentou nada. Então dr. Ramil se virou para mim, A senhora por favor ligue para o ponto de táxi e veja se seu Jonatas está livre, peça para ele vir aqui. E olhou para o filho e para o professor. Então, vamos ver essa política toda acontecendo? Outro silêncio. O professor fez cara de espanto, mostrando surpresa daquele seu jeito ensaiado, boquiaberto, abanando as mãos ao alto, como se dissesse a um assaltante, Estou rendido. Dr. Ramil falou que a ligação tinha sido da promotoria, um velho colega seu. Estava animado, e não se animava facilmente, hoje em dia, com mais nada. Mas, segundo ele, esse promotor, que uma época também fazia cooper na Lagoa, tinha dito que talvez a presidenta viesse falar na Cinelândia. Não era nada certo, pelo menos até ali. Mas agora há pouco o Maranhão de repente recebeu a mensagem do gabinete do governo. E parece que a Dilma vinha mesmo falar diante da multidão agitada.

No primeiro ano de vida de Floriano, em 1839, ano em que o deputado Montezuma propôs a antecipação da maioridade de Pedro II, então aos catorze, o marquês de Itanhaém, encarregado da educação do imperador, preparou uma cartilha para se formar um soberano atento aos súditos, bondoso, capaz de evitar revoltas.

Eu quero que meu Augusto Pupilo seja um sábio consumado e profundamente versado em todas as ciências e artes, e até mesmo nos ofícios mecânicos, para que saiba amar o trabalho como princípio de todas as virtudes. Mas não quererei decerto que seja um político frenético para não prodigalizar o dinheiro e o sangue dos brasileiros em conquistas e guerras, e construção de edifícios de luxo, como fazia Luís XIV na França, todo absorvido nas ideias de grandeza.

Naquele mesmo ano a Inglaterra redobrou os esforços na repressão ao tráfico negreiro, do qual dependia o Império. No ano seguinte, Pedro II recebeu, da Assembleia Geral, a sua maioridade. Já no início de seu reinado, o conde de Suzannet anotou que, na opinião dele, O imperador não fala nunca. Encara com olhar fixo, sem expressão. Cumprimenta ou responde apenas por um meneio de cabeça ou um movimento de mão. Já o ministro francês Saint-Georges descreveu a reserva do imperador de outro modo, Ostenta mesmo um desprezo e um indiferentismo singular pelas mulheres. E talvez tivesse razão para isso. Desgostoso da aparência da noiva que lhe foi designada, após receber a necessária dispensa de Roma, casou-se em Nápoles, com a prima, dona Teresa Cristina de Bourbon-Duas Sicílias, cujo nome completo era Cristina Maria Josefa Gaspar Baltasar Melchior Januária Rosália Lúcia Francisca de Assis Isabel Francisca de Pádua Donata Bonosa Andreia de Avelino Rita Liutgarda Gertrude Venância Tadea Spiridione Roca Matilde. Suas filiações e contraparentescos eram numerosos, como os do próprio noivo. A propósito, a tia de Pedro II, irmã da imperatriz dona Leopoldina de Áustria, foi uma das esposas de Napoleão. Tempos depois, a madrasta do imperador, dona Amélia de Leuchtenberg, viria a ser enteada de Napoleão. É pouco provável que esses detalhes, bem como o silêncio e a ambiguidade no trato social e de Estado, tenham escapado a Floriano.

Já em 1859, quando ele completava vinte anos, Pedro II, aos trinta e quatro, fez uma visita a Alagoas. Em cabotagem pela costa nordestina, o imperador desenhou um peixe piranha tirado do São Francisco e se referiu atentamente às criaturas do mangue. Num diário de viagem, expôs com minúcia a extração do óleo de mamona, realizada no local com máquinas a vapor de dez cavalos, também usadas para descaroçar e ventilar o algodão.

 Meu guia foi um fulano de tal Calaça, conhecedor do sertão até Juazeiro, e dos Cariris novos, onde segundo me disse as mulheres emprenham na estação do pequi, excelente fruta, mas para ele um tanto enjoativa, por causa do *oroma*. Contou-me que o gado come o xiquexique no tempo da seca, queimado por causa das pontas dos espinhos, ou revolvendo-se para quebrá-las. A gente também os come depois de assados e o Calaça prefere-os ao aipim. Na fazenda Olhos D'Água fiquei mal acomodado na senzala, nome que convém à casa que ali há, mas arranjei cama em lugar de rede e dormiria bem, apesar das pulgas, cujas mordeduras só senti no outro dia de manhã, isso se não fosse o calor e a água, que é péssima aí, tardando ainda, pela falta de condução, a água de Vichy que vinha em minha bagagem.

Da visita à província natal de Floriano, causa de tanto incômodo e maravilha, Pedro II trouxe de volta para o herbário imperial o pequi, a mamona e o xique-xique. Também acrescentaria ao *bestiário* imperial as pulgas, os guaiamuns e as piranhas. Dez anos depois, iria viver o período de maior felicidade de sua vida. Seu affaire com a condessa de Barral lhe dava uma alegria imensa. A guerra com o Paraguai, considerada por ele questão de honra, se aproximava do fim. Em janeiro de 1869, o marquês de Caxias, futuro duque, ocupou Assunção e declarou a guerra encerrada. Começava uma fase de guerrilha. Pedro II nomeou seu genro, Luís Filipe Gastão de Orléans, o conde d'Eu, comandante-chefe das forças brasileiras, e este deu seguimento à caçada a Solano López. Na batalha de Campo Grande, conhecida entre os paraguaios pelo nome de Los Niños ou Acosta Ñu, os inimigos do imperador, quinhentos veteranos acompanhados de 3500 crianças e velhos, foram mortos pelos 20 mil soldados do Exército da Tríplice Aliança. Mas Solano López conseguiu escapar.

* * *

Na manhã do dia seguinte, em 1865, antes de selarem as mulas, Vieira Peixoto ergue uma xícara e fala, na frente de todos, de Maneco e dona Ana, de Felipe Neire, Reginaldo Inácio, dos primos e primas, diante de todos, Floriano vai ao Sul. Não encara o 1.º tenente de artilharia, corre os olhos em volta da mesa, Que o ditador Solano López invadiu o Brasil.
Pausa.
Pois, então. Aqui. À bravura! E levanta o pires mais alto.
Floriano sabia do anúncio, tinha sua carta de comissionamento. E talvez aqui esteja uma das razões dessa visita. Mas o rapaz não diz nada. Isso me lembra minha pugna com os Cabeludos, seu pai fala, e os convivas murmuram depondo os talheres. Floriano segue calado. Se comentasse, soaria crasso e altissonante, errado e reles. Talvez ele vá e morra, então se limita a um cabeceio de olhos fechados, faz um aceno com a mão aberta, para cima. Os presentes aplaudem prontamente, exagerando a surpresa com os rostos num vaivém entre Vieira Peixoto e o soldado.
Jo continua imóvel. Ignora Floriano. Na saída, os dois caminham lado a lado, despedindo-se dos anfitriões Ana e Maneco. Os pretos da casa sorriem, agradecendo as moedas de Vieira Peixoto, e fazem votos ao casalzinho, a siá prima e o voluntário, filho afilhado, a quem pelas costas chamam *fio afiado*, abafando o riso com uma mão empoada de cal ou de açúcar.

Marcha soldado,
tenente de papel.
Guarda a tua donzela
lá dentro do quartel.

Queriam que ele andasse pelo canavial com a espada na cintura. Mas Floriano, com seus dois pais ali perto, agora à mesa, sente-se mais órfão que nunca, queria apenas voltar para casa. Já era costume, em família, o rapaz chegar em casa e Jo ter lhe feito um bolo de aipim, mas não naquele dia. Pois logo, logo seguiria o soldado de volta ao seu querido Rio, rumo ao Sul, depois de sua visita às origens, depois dessas despedidas que talvez tenham sido um acerto de contas com as partes contrárias da parentela, entre citadinos e roceiros, entre políticos e lavradores. Afinal, Vieira Peixoto mudou a família de lugar três vezes. E esse retorno ao engenho e às terras do tio, e do irmão do tio, seu pai, com a estirpe espalhada entre Alagoas e a Corte do Império, esses dias acabaram sendo, para o oficial recente, o remate da sua mocidade. Daí em diante, os caboclos, cabeludos zombeteiros, inimigos de Pedro II, aguardando Floriano, eles seriam todos paraguaios.

3.ª FASE
Campanha

Quando afinal chamaram Floriano, o front era em grande parte fluvial. Há pontos em que o Uruguai alcança meio quilômetro de largura, com ilhotas fixas e, dizem os índios, algumas poucas que são móveis, num entremeio às vezes perigosamente raso. Lá do alto o rio é verde, porém debaixo de chuva ele tem a cor de um rato. Acresce também que, nesta época do ano, a chuva é constante, rala, muito fria.

Por ali comentam que o marechal Solano López, ou Il Gordote, preparou sua invasão com a minúcia de dois anos. Todos de repente se lembram de espias correndo as vilas, num levantamento das rancharias e guarnições próximas à fronteira. Solano López havia atacado o forte de Nova Coimbra com três mil homens, em duas baterias de canhões e foguetes à Congreve, e pelo rio Paraguai com cinco vapores armados com peças de grosso calibre. Já no terceiro dia de combate, o cacique cadiuéu Lapagate e dez flecheiros retiraram pelos fundos do forte os cento e vinte soldados da guarda do Mato Grosso, e subiram na canhoneira *Amambaí* rumo a Corumbá. Tudo isso o marechal paraguaio causou apenas como manobra de envolvimento, pois a frente que lhe interessava era a do Rio Grande do Sul. Dez mil homens cruzaram a Argentina para tomar São Borja e Uruguaiana, do outro lado do verdoso Uruguai.

Agora, um índio uruguaio fardado à Voluntários e sentado numa banqueta enrola um charuto de fumo maduro. Encovado sobre as mãos ele ri sozinho. Os soldados brasileiros passam virando o rosto, rindo dos frangalhos da sua farda e do seu porte atarracado. Ele faz charutos do tamanho de um polegar. Floriano passa pelo índio, para e observa. É Max Ureña. E ele oferece um desses a Floriano, com o braço estirado e o fumo aceso na ponta dos dedos. Floriano aceita. Este é um tipo que a cada passo ganha mais espírito e confiança. Ontem foi de grande ajuda, conhece o terreno e fala do rio como se fosse um semelhante. Ureña veio com o batalhão uruguaio, porém adido ao corpo dos Voluntários agora veste farda da infantaria imperial. Floriano não pergunta como se deu isso. Olha o estrangeiro sentado, enrolando fumo, e lembra da conversa que tiveram. Ureña contou que os payaguás têm um barco de igual nome, conforme o do rio, e se trocássemos fogo, Acamixmo nhestro arôio, diz ele, seria encontro riquíssimo. Ureña ri alto quando fala essas coisas, e nem sempre se entende o que ele quer dizer. Assim mesmo, o pelotão de Floriano segue confiante nas cartas de navegação que ele retificou, e lá vão, também, com o cheiro acre do fumo preto que Ureña traga entortando a boca, de olhos espremidos.

Comadánte sê lhe guxta dêsses?

Mas o sargento, ajudante de armas, objeta por Floriano que não. Tem pressa para zarpar na hora certa. Agora não, e faça curso à frente, soldado Ureña. Coprends? Que esses seus olhos já são muito apertadinhos, oiô?

Ureña joga o cigarro fora, Oyê, comadánte, quê si. Quê pretadiínhos son mar guxtoços, nhé?

Naturalmente todos riem um pouco com isso, e assim Maximiliano Ureña segue sendo útil. Mas, quando Floriano se volta para os lados do barco, os pontos que o absorvem são as desembocaduras dos afluentes nanicos. São arroios e córregos ainda sem marca nas cartas. Vão cobertos de um cipoal mais alto e verde do que a maneira do entorno. As árvores avançam com as raízes para dentro do rio. E as copas elevadas se ligam umas às outras, dos dois lados do pequeno delta, formando um dossel ou um arco sombreado, por onde as chatas paraguaias podem ser lançadas com muita surpresa e velocidade.

Ele instruiu às três patrulhas que postassem ao pico da proa um soldado com lentes e outro com uma carabina Spencer montada em apoio. A cada vez que o gajeiro avistasse uma embocadura, prevenisse o disparador e marcasse a entrada na carta. A Spencer teria sete tiros a meia distância para sondar se aquele ponto era ou não uma boca de fogo. E assim procederam por vários dias, serpenteando o Uruguai. Há poucas semanas, antes de seu comissionamento, uma lancha brasileira tinha ido a pique surpreendida por um tiro de peça disparado, crê Floriano, de uma dessas embocaduras folhosas.

Às vezes as patrulhas também abordam povoações ribeirinhas, nos seus casebres e cercados, banhando cavalos e animais de criação. Essa gente as observa passando rio acima e rio abaixo, nas rondas. Alguns até acenam. Os homens vestem roupas de algodão pardo e bandas de cor branca ou vermelha, atadas na cintura, com chapéu. As mulheres são poucas, ou não se veem, e a maioria delas é indiada. Em geral as crianças vão quase sempre nuas, exceto agora, a conta da chuva fria.

Apesar da campanha, a vida ali não se interrompe. Dos portos fluviais mais cursados partem tropas de animais contando até noventa bestas, guiadas por um tropeiro e divididas em lotes de nove, que caminham seguindo os comandos de um tipo a quem chamam de Camarada. Alta noite, quando se reúnem, os moços de condução se congregam para cantar à roda de um fogo, e fazem batuque. Floriano é informado que as mulheres comparecem a isso e dançam. As tropas de mula vêm de São Paulo e Minas com açúcar, toucinho e aguardente. Retornam levando sal, vinho das Madeiras, mercadorias de couro e ferro, vidros e pano rude. A ocupação militar cortou parte do movimento. As bestas e provisões são às vezes requisitadas, e aos jovens lhes interessa mais o soldo ou a aventura no serviço prestado ao Exército, de qualquer dos lados, do que o trabalho no campo ou nas rotas.

Agora, qualquer homem, postado à beira do rio, atento ao curso da patrulha, é motivo de precaução. Floriano determina que os soldados gritem Paisano, aos demais do barco, sempre que um desses for avistado ao alcance da Spencer, para que as lentes lhe dediquem uma vistoria. Em dia recente, o lanchão *Garibaldi* inspecionava rio acima, tendo à proa um jovem alistado entre os caçadores dali, e ao grito de Paisano o atirador não esperou pela verificação do gajeiro. Notou uma silhueta castanha, de mochila nas costas e uniforme pardo, abraçada a meia altura de uma árvore nua, e rematou que se tratasse de um olheiro paraguaio. O vulto descia rápido. Escorado à proa ele municiou a Spencer e disparou um único tiro, que alcançou em cheio o pescoço daquela forma atarracada. O caçador matou um macaco fêmea, dos que chamam por ali de mono. O filho que ela carregava montado nas costas morreu da queda. Embarcaram a caça no lanchão e na rancharia ela foi consumida à brasa.

O professor falou, Eu me considero é um democrata, aliás um democrata com dê maiúsculo, mas nossa estrutura partidária está falha, não convence mais. Isso para não falar da famosa fidelidade partidária. Ele respondia à opinião de Ramil Jr. sobre o movimento no Centro ser produto de aglomerações sem partido, simplesmente contra o governo. Estávamos eu, ele e o professor no banco de trás. Dr. Ramil ia na frente, no assento do passageiro, ao lado de seu Jonatas, que tinha atendido *à* minha ligação e vindo imediatamente. O táxi de seu Jonatas cheira a chicletes e cigarro, mesmo assim dr. Ramil não reclama. Acostumou-se a andar com ele, e gostava de sua rotina na companhia das mesmas coisas e pessoas. Chama isso de confiança plena, que é para poucos, da parte dele, e nisso gosta de lembrar que me inclui entre os contemplados.

Dr. Ramil me ajuda nas despesas com a minha mãe, São só os remedinhos e as agulhas, ele diz. Pra vocês não passarem por nenhum aperto, e a senhora sabe, é como se fosse da família. Aceito a oferta de bom grado, que mal lhe faria abrir mão desses vinténs?

Mesmo assim, tenho evitado o quartinho de cima, na Almirante Alexandrino. Fico melhor no meu canto, no conjugado que aluguei para colocar minhas coisas e minha mãe, eu disse a ele. Pois a senhora tem sorte de ainda ter mãe viva. O comentário não tinha sido feito ali, no táxi de seu Jonatas. Foi feito, mais de uma vez, na frente de Ramil Jr., na casa deles, e me dá pena, pois esse seu meninão, que no ano passado ele colocou para dentro da faculdade de direito, perdeu a mãe faz tempo. Dona Maria Sílvia era fina e só se vestia de verde, diferentes tons de verde, que são muitos, e ela conhecia todos. Que me lembre, nunca deu um grito dentro de casa. Mas não acho que gostasse tanto assim de nordestinos, nem de pretos. Enfim, era outra época.

As pernas do professor são compridas, então ele sentava meio de lado, para que os joelhos não empurrassem o encosto de dr. Ramil. Eu estava sentada atrás de seu Jonatas, e Ramil Jr. no meio. O rádio ia sintonizado numa AM, transmitindo notícias da multidão que já estava no Centro. Mas era um passeio esse interesse de Ramil & Ramil nos protestos contra o aumento nas passagens de ônibus. Quando pensei em ônibus, me dei conta de que seu Jonatas estava fazendo a mesma rota que a minha. Ele disse que era melhor tomar as avenidas movimentadas, pelo menos hoje. Era mais seguro. Depois desta palavrinha mágica houve um silêncio enorme, tive a impressão de o volume do rádio aumentar. O táxi corria a avenida vazia, exceto por pequenos grupos de três ou quatro pessoas andando juntas, nas paradas ou, às vezes, em esquinas olhando em volta, esperando que alguma coisa acontecesse para aliviar as ansiedades da noite. Isto, acho eu. Os prédios residenciais ainda estavam bem acesos, e das varandas de vez em quando pendia uma bandeirona do Brasil.

Sujaram tudo, dr. Ramil falou. Nas sarjetas e nas laterais do asfalto, no ponto em que o táxi passava, levantam pequenas nuvens de papel picado, espalhando os montinhos que se acumularam depois que a passeata deixou este ponto da cidade. Mais para o Centro, os luminosos comerciais estavam apagados, as lojas trancadas a sete chaves. A trupe do táxi se admirava disso e da própria coragem. Não havia carro de polícia por perto.

O professor disse, Comércio é poder e poder é comércio, é o que diz a economia política, e Adam Smith intuiu isso muitíssimo bem. Aliás, as revoluções começam com o povo revoltado contra os impostos. O velho Karl Marx já disse, o coletor é um fazedor de revoluções. Não é certo?

Ureña tem o cheiro resinoso de folhas ardidas. Sua pele é acobreada, curtida a sol frio. Quê senhor sape unha côssa? La guéra anter dela suia, dexta de oi, aprassido muitxo peior. Muitxo, Ureña aponta o peito com um dedo, ein lo coraçon ê ein la cabeixa, e cobre a moleira com a mão espalmada. Conhocí unha murrér, hm, la mar peior. Nô sê quiem és peior, la guéra ô la dama, e olhando para longe chupa a ponta do fumo torcido. Depois continua, Sirve êias a quiem? A mi non. A mi me cumpre a las murréres... Oê, de novo chupa o cigarro. Hm. Côça bein bona, nhé? Iô me las fofava muitxas, e ri alto, tossindo pelo meio da graça, a boca aberta, afastando a mão acesa para longe do rosto.

O sargento de armas de Floriano se irrita, engelha os olhos e abre os braços, rumo ao índio, pronto para lhe chamar à ordem. Floriano faz que deixe, sinala com uma mão espalhando os dedos no ar, movendo o punho de um lado a outro, para que o sargento da voz gasguita fique tranquilo. O subordinado diz, entre os dentes, Esses índios de merda, e se vira para o lado boreste, fixado na margem folhosa que vai, com certeza, repleta de paraguaios. Max Ureña segue tossindo sua fumaça. Entre as pausas no riso, toma fôlego e comenta que as mulheres servem aos homens, e os homens servem apenas à morte, assim é desde Troia, Oyê, comadánte quê si, murrér quê nos enamore, hm, ê la guéra quê noz mata, de novo ri, e tosse. Floriano deixa passar. O sargento evita Ureña e ralha de olho nos outros, para que voltem a seus postos. Quanta desatenção nessas caras de queixo caído, escutando a falação dum índio podre que talvez até seja um espia dos paraguaios. O sargento tinha ouvido o major argentino Tomás Belaroqui dizer a Floriano que a fala bugrada de Ureña não era língua de ninguém, tinha só um pouco do castelhano, mesmo assim não muito.

Ele ouviu isso ainda em Bagé, onde Floriano estreou na campanha como instrutor de tiro, ensinando os soldados a não darem as costas aos bogarantes payaguás. Na linha de frente, as filas de mosquete com recarga pela boca foram substituídas pelo disparo à Miniè, mudança iniciada por Floriano, usando clavinas de cano raiado e carregadores de sete tiros, com o atirador posto ao rés do chão ou escorado num joelho.

Na ordem de baixa e comissionamento, o comandante da guarnição de Uruguaiana disse que, por ser oficial de confiança, ilustrado, agora Floriano iria comandar uma flotilha de três barcos. Ele alcançou o posto de capitão no momento em que as tropas dos Voluntários admitiam soldados de tribos e nações da região, com pouco ou nenhum português. Então Floriano, moldado a marinheiro sem mar, ganhou o vapor com o nome do rio e os lanchões *São João* e *Garibaldi*.

E lá ia, na patrulha, sorrindo com Ureña. Rindo de Ureña. Floriano de pé, em silêncio, olhando o seu ajudante de armas incomodado pela folga dos outros, um vagar movido à inhaca do índio, agora batedor da farda roxa, uma farda tomada de empréstimo ao Império, com grande inconveniência. Pois já era costume comentarem, nas guarnições e rancharias, que essa mistura dos três países, operada no front, trocando monedas por moedas e prata por plata, resultava nisso, numa imensa cacofonia de insígnias.

Após as rondas do rio, os soldados se reúnem em volta das fogueiras, ou dentro das tendas, discutindo a campanha. De início, Pedro II não tinha no Sul legião que parasse Solano López. E os Voluntários eram em sua maioria uma classe de povo geralmente dentre aqueles de baixa origem, mandados vir, ou de fortuna desesperada, gente de pequenos princípios, refeita pelo soldo de um patriotismo súbito. Chegaram a ponto de obter alguma consideração na história com agá, porém mais famosos pelos danos do que por qualquer benefício prestado àquele rincão. Sua irregularidade, a falta de oficiais propriamente de comissão, as perpétuas dissensões contribuíram para frustrar o intuito dessas tropas mistas, e em geral os impediram de gozar aquilo que tomaram com risco de suas vidas.

Este risco, nas suas saídas e levantes, sozinho, sem pelotão nem guarda oficial, lembra a Floriano que Bonaparte também dispensava as cautelas de segurança no comando e, às vezes, ria dos sustos de Josefina. Certa ocasião o general francês disse à esposa, Me livrei de uma boa, dois homens de aspecto sinistro cruzaram meu caminho e tentaram me matar. Josefina se assustava com as brincadeiras do marido que, apenas quando ela já estava a ponto de chorar, soltava uma gargalhada, dando-lhe palmadinhas no pescoço, Não tenhas medo, ma grosse bête, que eles não se atrevem. Toda essa aflição com os riscos na vida em campanha, que Napoleão serena em sua futura imperatriz, isto mesmo Floriano, há um ano na fronteira, pretende aliviar em Josina.

De igual modo, e considerando a falta de casa, a distância entre ele e a noiva, Floriano observa o labirinto das pequenas colinas, com suas veredas simples, de fundo infinito, e pensa que a paisagem limpa se torna agora uma obsessão. Ele admira do outro lado do rio as grandes planícies paraguaias, cujo horizonte é tão baixo que os arbustos e a relva quase chegam a encobrir seu contorno, e lhe parece que essa planura reverbera ao longe, lenta e profundamente, num espetáculo particular. Abandonado ao espírito do momento, ele olha em volta e põe de leve as mãos nas orelhas.

Mas o reconhecimento ofensivo ficaria para depois. Aportados os barcos, Floriano considerava seu outro ofício, o mapeamento do terreno, como oficial do Corpo de Engenharia. Era quase noite e, antes de voltar à tenda, ele faz planos para o dia seguinte. Levanta a vista e dá com o Cruzeiro do Sul, que figura nas efígies e pavilhões tanto do Paraguai como da Tríplice Aliança. Floriano cruza os braços e deixa pender no pescoço o binóculo seguro por uma alça curta, de couro cru, mais larga, que mandou fazer de modo a portar o instrumento numa arreata de peito, cruzada rente ao corpo, sem perigo de que na cavalgada, ou em maiores levantes, ele se espatifasse lá embaixo. Tinha notificado que sairia sem a guarda de corpo oficial, e agora retorna sozinho, lembrando-se de Napoleão, contemplando justo à linha do horizonte os vários focos de fumaça em colunas inclinadas ao vento, as queimadas das valas e dos grotões de folhagem cerrada, na abertura das trincheiras, ou poderia ser a fumarada na operação dos acampamentos mais próximos, em braseiros que iriam alimentar as caçambas carvoeiras no rastro dos batalhões, fornecendo calor, fervuras e assado às tropas. Floriano queria saber qual é qual, quantos são postos amigos, quantos inimigos. No final da tarde, após a ronda do Uruguai, a paisagem calma, cheirando a cinzas, lhe traz a angústia de suas várias permutações. Muitos nesta campanha servem aos dois lados, isto é sabido. E é natural. Quem vive na fronteira vive nos dois sentidos. Há famílias e arraiais com um filho abraçado a cada uma das bandeiras.

 Ureña inclusive, pode ser, talvez até seja um paraguaio. Fala mal o castelhano. Dizem isso dele. O fato é que ainda não sofreu nenhum ferimento. O porte entroncado e a frase tossida inspiram pouca confiança. Entre os Voluntários ele já é apelidado de *Pica-Pica*. E o tal Pica-Pica, Max Ureña, insinua-se na confiança pelas piadas calcadas no próprio riso, que certamente mascaram o desespero colossal de quem sobe na vida às custas dos outros, em degraus de falsa gentileza. Como seria se ele se revelasse? Ou melhor, como será se ele abrir mão da sua calma ensaiada?

No caminho para o acampamento, um único paraguaio faz Floriano pensar em todos os paraguaios, no inimigo assinalado pelo Império, e ele se lembra. Na primeira vez, como capitão de patrulha no front, prendeu a respiração e disparou a carabina. O tiro apanhou o soldado no rosto, para além da massa de mira, em meio à massa de homens, no ponto em que o paraguaio espirra sangue e se abraça com uma das mãos no pescoço, dá meia-volta de corpo inteiro e desaba no chão. Ele municiou a Spencer, fechou um olho e tentou novamente. Desta vez o tiro saiu sem efeito. Floriano precisou esperar mais três dias até causar a sua próxima baixa.

De volta, ele se posta diante da sua tenda. Considera o mês passado frente às expectativas da movimentação futura. Sem motivo, ordena que a guarda dos barcos seja trocada, e é então que começa a ser conhecido como um devoto do rigorismo inesperado, que abraça a farda como a um filho. Diante da tenda, revendo suas listas, anotando o plano de patrulha enquanto inventaria as provisões, ergue os olhos e dá com Ureña cruzando a larga clareira do acampamento, passando as mulas de caixote para mantas charque. Floriano levanta o braço, imóvel, num aceno de parada. Ureña, acostumado às visitas, checa o quadrante dos oficiais e vê o sinal de Floriano, então ruma para ali.

Os dois entram na barraca em silêncio. E, da parte do Pica-Pica, a primeira notícia ainda é a mesma. O batalhão dos Voluntários se despeja na vagina de Rosaura, uruguaia da fronteira. Ureña conhece bem o marido dela. É o que lhe diz, Pués lho conôrco a êie. Hm, ê conôrco-lhe mui bein.

Estão em bancos de três pés e assento de sola, que se arma e desarma como uma sanfona. E a figura de Floriano parece impressionar o soldado uruguaio. Num croqui de grande ternura física, Artur Vieira evoca seu famoso cunhado apontando, nele, Uma cabeça bem-conformada, larga testa, nariz reto e grosso, lábios polpudos, o mento fino, cuidadosamente raspado, olhos pardos, sempre baixos, extremamente móveis, uma promessa de bigode com imperceptíveis suíças, e um visível sinal, quase uma verruga, abaixo da narina esquerda... E, diante dele, Ureña pica fumo para o capitão. Dentro da tenda vão caixas com carregadores Spencer, mapas, livros, um bule esmaltado e uma caneca da mesma cor, azul, a cama e os botins encerados ao pé dela, um fio de corda estirado entre as hastes do toldo, com camisas, a farda e uma jaqueta pendendo em cambitos de madeira. O soldado olhava em volta, mas é apanhado pelo silêncio de Floriano, então passa o charutinho adiante. Os dois começam a fumar. Só depois de um tempo é que falam. Na verdade, só o Pica-Pica fala, continuando naquele fim de dia uma das suas histórias de sempre.

La Rorra sigue bein bona. Dê floreta pretadiínha. Hm, capitã, comadánte. Lhe guxta dêssas?
Floriano traga o charutinho torcido.
Que bein. La Rorra és guxtossa. Ah, mi Rosaura. Su marido dê cassada és mui buen amigo. Quere quê êia benga acá? Ôtra bez? Non? E Ureña desata suas permutações ardidas, o caso de uma esposa depravada pela rotina do front, no excesso de homens concentrados num só ponto, com sede, matando-se, gritando ordens uns aos outros, tratando as mulheres, as poucas que se encontram por ali, com pancadas e rações sacadas das rancharias a peso de ouro. E dessas circunstâncias brotam pequenas cleópatras, salomés, lucrécias. Tudas êias soiamente unhas putas, non? Puês ninguenha és dê ningunho, e Ureña volta a recitar para seu capitão uma cantata podre de fronteira.

No painel do táxi seu Jonatas tinha posto o adesivo Deus é seu fã, ao lado de uma bandeira do Fluminense. E, no console, uma ararinha de plástico, rindo, com a cabeça balançando-se numa mola. O professor estudava cada palmo daquele carro, depois ficou olhando para fora, pela janela do seu lado, enquanto Ramil Jr. enfiava a cara no celular, disparando torpedos para Taís, que já tinha ligado para ele três vezes, querendo saber onde o táxi ia ficar parado, e se ela podia ser apanhada na volta, a caminho de casa. Na frente, iam dr. Ramil e seu Jonatas batendo um papo genérico sobre o governo Dilma. Nenhum deles pegava ônibus, mesmo assim achavam que os protestos não eram por causa das passagens de ônibus. Isso, na visão deles, seria um exagero.

* * *

De repente o professor falou comigo, E a senhora é assim sempre tão calada? Não respondi. E ele, solene, Thomas Carlyle já disse, os homens superiores são silenciosos, e se consideramos ao redor de nós a futilidade do mundo, palavras que quase nada dizem, ações que quase nada significam, foi o que ele falou, haveremos de gostar de refletir no grande império do silêncio. Magnífico, não acham? No grande. Império. Do silêncio. E vejam só, Carlyle era satirista e, ao mesmo tempo, um estilista da História. Talvez tenha sido o último de sua espécie. Quem sabe, não é? Fez-se silêncio. Dr. Ramil já tinha pedido que seu Jonatas desligasse o rádio. E foi nessa pausa que o professor, tomando conta do vazio, resolveu me encostar contra a parede com outra das suas perguntas sem resposta, ou para a qual ele próprio já tinha uma resposta. Olha, o Ramil Jr. me contou que a senhora é neta do marechal Floriano, mesmo? Mais para *bisneta*, Ramil Jr. emendou, tirando os olhos do celular.

Nada disso, falei. Queria que não começassem com esse assunto. Pensei em mencionar a seu Jonatas o ônibus vazio, apagado, que vi no caminho até ali. É muito esquisita a visão de um carro desses, grande assim, parado. Parecendo um animal morto. Passaram a discutir a foto de Dilma presa, sentada, olhando de lado, com os generais na tribuna do juízo, escondendo os olhos para não serem identificados. Mas, por quê? Três mulheres já governaram o país, o professor disse, a imperatriz dona Leopoldina, a princesa Isabel e Dilma Rousseff. Não é impressionante? E ela não olhava diretamente para o fotógrafo nem para nenhum dos generais. Ia com a cabeça longe, profundamente jovem e idealista, prestes a ser torturada, sem ter a menor ideia de que um dia, quarenta anos depois, iria dirigir o país. De repente o professor, com suas fuças de rato e a voz nasalada, repetiu que antes eu fosse bisneta de Floriano do que filha, Que a distância é condição da objetividade, e seu bisavô, ou tataravô, o raio que fosse, era na realidade uma força da natureza. Não estou certo? Concordam? Ele foi dos que fizeram o país. Como era aquela celebríssima frase dele? *À bala*, não foi? Perguntavam como ele ia fazer as coisas. O que era pra ser feito. E ele, somente, À bala. Imaginem. Confiar desconfiando sempre, ele dizia isso. Essa também era uma clássica. Que coisa cáustica, não acham?

Floriano se lembra de parte do romance de encontrões que Ureña lhe conta, e alcança o que podia alcançar. Substitui Rosaura por Josina, como se ambas fossem habitantes do que ele imagina de olhos acesos, as órbitas ruivas, injetadas entre uma e outra das suas baforadas. O Pica-Pica fala. Floriano cogita.

 Rosaura, penso em voltar, rever tuas calçolas no lavabo, vejo-te chupando-me o talo, rápido assim, inteiro. Rorra, os braços nus, olhos parados, eu fora de casa há quanto tempo, amor? Tenho os dias que quiser, nas colinas, escolhendo de cabeça, entre as tuas, uma de rendas, com cheiros, tu de olhos fechados, essa vontade de ver-te suja. Trago-te flores desta campanha, flores como numa estampa, penumbra porosa, flores como hálito de café, limo que puxo a munhecadas num grito abafado, quando será? No momento contigo lembrada inteira, esporro nas palmas, Rorra, apanho-te no rosto, penso em como faríamos. Tenho aqui o tempo do mundo pra lembrar como fizemos, quando me fizeste com a língua ou com ela fez mas num outro, não fez? Será, amor, que nisto pensas, nua, com quem farias de olhos fechados. Como seria o gosto dum outro na boca, Rorra, gosto que deves ter provado. Vejo-te ajoelhada, depois de pé, as calçolas baixas, os pelos eriçados, lambidos naquela vez, nossa primeira sob a castanhola, trajavas um vestido azul-safira sem mangas, amor, corpete nem nada, me ajoelhei pra te baixar as cintas, algodão, laço cor-de-rosa contra o tronco, raízes no chão, joelhos e palmas no barro, e te lambia de olhos fechados, amor, o fecho do vestido voado, tuas tetas cheias pra alguém tão menina. Todos os cheiros, mesmo este da bunda de garota, estão nas rendas, em pilhas delas, e Rô de boca aberta, gala no rosto. Trago-te de volta lambendo os fundilhos da renda retinta com natas da tua buceta. Finjo que também me engoles a porra. Enfio, Rô, e gozas, que lembro, ressoa teu miado.

    Hm, mi comadánte, la Rorra pide maix dêsso, quê la côssa bai a enpeiorar. Floriano não diz nada, segue ouvindo. Comadánte, puês el marido de la Rorra quere quê êia vaia maix delante, la quere dê puta. Oyê, m'escutche.

    Como seria convocar quem, quando, onde, alguém pra te comer nessa brincadeira de noiva das rolas? E eis a moça chupando na cama a novidade alheia, amor, Rô. Tuas calçolas molhadas quando me pediste que deixasse o quarto pra dar ao soldado de gatinhas, pra te acostumares ao pau, que comigo a vergonha vinha, te acostumares a outro, lá dentro, fodendo mas sozinha, e não contava com a cena que volta e meia se repete e me tenta, tu puta, suja, sua corna, sobretudo tu azulada nessa extraordinária foda irregular. Vejo por pouco teu riso de má moça que se desculpa, me apanha na boca e chupa. Te acostumas a outro pau, amor, somos dois dentro da puta, afinal és fodida na boca e na bossa, e teus olhos mais claros fodem fechados, penumbra que dá azul em vésperas de chuva, Rosaura, tu gostas de ser assim servida, Jo? E eis surge, então, nas cabeças, na pele, nas nossas, a pergunta onde vamos deixar tanta gala? Quero que me encham toda. Então gozo, Rô, e ele, presente acertado, também gosta. Afinal, lentamente, como se cavalgasses ou fosses cavalgada, relaxas, te espalhas, entras noutro tempo, já és outra, suja e perfumada, os olhos fechados, as calçolas baixas. Ficamos os dois leves, quem sabe por quê, pois amamos, Jo, de longe, amor, amamos cada qual sobretudo uma distância. Azul é a cor da distância, safiras em teus olhos parados, agora e antes que as saudades se apaguem num céu de horizonte paraguaio.

  La Rorra, ê, Ureña traga, quê guxtossa, hm?, e ri na mais fantástica amizade com seu oficial de campo. Unhas putas. Tudas êias. Ureña parece ter na cabeça o vulto da noiva. Floriano não consegue lembrar se mostrou ao bugre a foto de Josina. Talvez sim. Os olhos dela são amendoados, no sol às vezes azulam, e sua coisinha brota rosada como as carnes raras de uma castanhola madura. Então Floriano põe uma mão no quadril, por cima do cinto, sobre o coldre. Saca o revólver de cavalaria, aponta para o guaio e arma o cão. O Pica-Pica se levanta com os gestos lentos, a voz carregada, e murmura, Iô non sôi índjo daqueios payaguás, enquanto seu charutinho queima entre os dedos da mão. La destância noz louquêce a tudos, capitã, ele entoa, e pisa devagar, como em ovos. Vai-se embora pé ante pé, sem jamais dar a Floriano as costas de sua farda emprestada.

Necessito de informações exatas a fim de ajustar a passagem das tropas e formular meus planos, e de dados detalhados ao máximo possível, para me inteirar do comprimento e da largura das ilhas, da elevação das montanhas, da profundidade dos rios, e também da natureza das fortificações, uma por uma, de todas as fortalezas no campo de batalha, e das condições reais de cada uma das estradas que passam por elas e levam aos vilarejos. Tudo isso me interessa no mais alto grau, diz Napoleão.

Seu principal triunfo, desde o começo das campanhas mais sensacionais, se deve menos às suas medidas tomadas durante os combates e mais a um grande talento para a organização das tropas e o perfeito arranjo da marchada.

Era cauteloso como um rato, José Gentil costumava dizer a seus rapazes, aos cadetes da Praia Vermelha, fazendo com as mãos o fluxo dos pelotões, colunas sucedidas em sequência, harmonicamente, no teatro da guerra. E fazendo as caras e bocas dos seus papéis o sargento espetacular lembrava o Calígula evocado pelo seu cronista maior, infiel, atilado, lido por tantos à época de Floriano, Suetônio, um romano que catalogava os césares como se fossem tipos que ele próprio tivesse conhecido em vida.

Ao evocar Calígula e Napoleão, e também Zezé Gentil, o próprio Floriano, de pé, depois deitado, imóvel, agora sentado, ponderando essas vidas, se vê na pele daquele césar, o infame que, como traduziu Sadi--Garibaldi, Era de alta estatura, tez macilenta, corpo enorme, o pescoço e as pernas finos, os olhos como as têmporas, fundos, a fronte larga e carrancuda. Calígula tinha cabelos ralos e o alto da testa desguarnecido, o resto do corpo cabeludo, e constituía crime capital olhá-lo quando passava e pronunciar por qualquer motivo que fosse a palavra cabra, pois seu rosto era horrível e repelente, e ele procurava parecer ainda mais feroz ensaiando as faces diante dum espelho.

Floriano sai cedo e ruma para o píer à beira-rio. Neste final de madrugada os soldados ainda fumam ao redor das trempes e fogueiras, comentam a má-sorte dos colegas de farda. As baixas são numerosas. Apesar dos risos, o moral da tropa cai quando falam do panfleto com o gravado de uma tropa brasileira, a bem dizer, uma tropa de negros mal equipados, batendo em retirada.

¿Qué ocurre? ¿Cuál es la causa que hace latir todos los corazones como encadenados por un hilo eléctrico? El tiempo en su curso infinito viene a marcar este día en inmortal recuerdo de la aparición de una estrella en el horizonte de la Patria. 24 de Julio ¡Es el glorioso cumpleaños del Excmo. Sñr. Presidente Don Francisco Solano López! El día natalicio del Gran Ciudadano, festejado con tanta solemnidad en nuestra República, figurará para la posteridad entre las efemérides clásicas del género humano.

O volante encerra com quadras em guarani, parabenizando Solano López pelo seu aniversário.

Janda rubichaguásu santo ára
jarohory enterobe.
Ila iaha ñahèm ipo
co 24 de Julio pe.

Co ára tubichaetaba
con razón ya festeja.
¡Porque ipype onace baecue
ñanda caraí guásu Mariscal!

Floriano é saudado pelo sargento de armas e um oficial argentino. A boa-nova da manhã, no instante do embarque no velho e recém-artilhado *Uruguai*, é a comissão de outro prático de rota, Manolo, um substituto, jovenzinho magro e marrom, de olhos acesos, cabelo escorrido, que toma o lugar de Maximiliano Ureña, pois el Pica-Pica não volta mais ao pelotão de Floriano. E é melhor assim. Então rumam noroeste.

Mas para todos os que vão ali, a bordo, Ureña ainda segue no imenso silêncio do rio. Segue a sua ausência podre, as tantas baforadas prolixas que se espalhavam pelo barco, encobrindo e ao mesmo tempo avivando histórias e rimas ardentes, numa língua de sentido escorregadio. E é justo essa língua, a mistura delas neste rincão sul, gelado e úmido, que Floriano apalpa folheando panfletos que as rondas da infantaria imperial puxaram a pau e pólvora das casas, alforjes e casacas dos cadáveres payaguás.

* * *

Estandartes com os seus pertences, um. Clavinas de fuzil, mil. Carabinas com sabres e bainhas, cem. Espadas com bainhas, seis mil. Lanças encabadas, dito. Cartucheiras de cintura, 1700. Patronas com latas, mil. Martelinhos e saca-trapos, três mil. *Os soldados vão a campo em dotes plenos, consumiram mais pólvora nestes dois anos que no último século.* Serpes de chumbo, doze mil. Pedras de ferir, dito. Ponchos de pano forrados com baeta, seis mil. Fardetas de brim, 2500. Fardetas de pano, cinco mil. Pares de coturnos, dito. Chapéus de Braga com barbicachos, dito. *São os petrechos de fardamento que na massa das legiões causam o efeito regular de uma muralha.* Freios de ferro, 3500. Cabeças de sola, dito. Pares de rédeas, dito. Lombilhos, dito. Cananas, dito. Cinchas, três mil. Sobre-cinchas, dito. Xergas, 3500. Pares de loros, dois mil. Rabichos, dito. Silhas-mestras, duas mil. Canudos de folha para oficiais inferiores, cem. Clarins com bocais e cordões, cinquenta. Cornetas com bocais, pontos e voltas, dito. *Soam os toques de carga e retirada, os praças seguem o clarim mais fielmente do que as bandeiras. O som os desloca, não a lei nem os olhos.* Livros de cem folhas, seis. Ditos de duzentas ditas, um. Barracas de oficiais, cem. Ditas de quatro praças, quinhentas. Ditas de duas praças, mil. *São oito acampamentos nesta quadra de campanha, com rancharias e píer, de onde* partem *os lanchões e vapores que patrulham a fronteira.* Libras de pólvora inglesa, 2 mil. Espoletas fulminantes, 50 mil. Cápsulas fulminantes, 500 mil. Cartuchos embalados para carabinas à Miniè, 100 mil. Ditos para pistolas, 10 mil. Ditos para clavinas de fuzil, 500 mil. Ditos para mosquetões à Miniè, 200 mil. Granadas carregadas, 300 mil. Facões, 1500. Canecos de folha, dito. Garfos de rancho, 8 mil. Colheres de dito, 12 mil. *Os hábitos mais enraizados começam pela boca, nas recargas e rações, no talento que o nosso comum tem para a indolência.* Cinturões com patronas, latas e cananas de cartucheiras de chapa, quinhentos. Arreios completos, dito. Barracas largas e completas, cinquenta. Arroubas de tabaco, 150. Ambulâncias, uma.

Os intestinos do soldado formam uma massa entre os dedos de Floriano, correm nas suas mãos em gomos gelatinosos, purpurado e negro. Floriano segura sua cabeça minguada, uma cabeça jovem, de cabeleira rude, que apanha com uma mão por trás da nuca do praça. Quando o menino tenta falar, as sílabas formam pequenas bolhas nos cantos da boca. Com o silêncio em volta, aumenta nos ouvidos de Floriano o chapinhar da água que corre por baixo do casco. Ele cobre o rapaz com uma manta e instrui que os barcos tomem a rota de volta ao porto de guarda. O vapor alça a bandeirola Retirar e os pilotos dos lanchões também convertem o curso.

Os três aportam duas horas depois, com a tripulação assombrada, carregando Manolo aberto ao meio. Já é noitinha e nem sequer se dirigem ao restante do pelotão, a postos para repor o carvão e fazer o municiamento das peças. Dizem que o *Uruguai*, o *São João* e o *Garibaldi* vão deixar a patrulha por uma semana. Após o desembarque, Floriano expede por um ordenança, urgência urgentíssima, uma solicitação para reposição de baixa. Destaca o resultado alcançado, sublinha o nome do tenente argentino Tomás Belaroqui, a quem se dirige, e assina-se, *Seu amigo Floriano*. Só então segue para as casernas, sozinho, e se deita mudo, de cara no escuro, os olhos parados no vão da barraca, com vontade de tapar os ouvidos e fazer sumir a zorra das mulas e das sentinelas, o rasante das corujas, as passadas no quadrante à frente da tenda.

Quando a amolação da noite lhe consente um tempo, Floriano revê Josina. Revê, porém ela aos poucos, anos atrás, a moça de pernas nuas e riso cálido, os dentes perfeitos, brancos, e o combatente se acalma como um bom morto, acondicionado em sua coberta de folga, com a cabeça na memória da noiva, na primeira figura de Jo, no tempo em que ela botou peitos e deixou de ser só uma prima ou irmã sua. E hoje, no 24 de julho, é assim que o capitão Floriano mergulha nesta noite estúpida, curta, passada escura, com ele de costas entorpecido, sem sonhos nem sombra dos seus maravilhosos levantes.

Diz um ditado, quem cedo sai muda por demais, e é certo. Comecei jovem, trabalhei para um amante da mesa. Na propriedade dele estiveram um governador e maestros de orquestra. Não alcancei esse tempo, mas recebi pessoas de igual calibre, empresários que iam ao campo ou vinham à casa da cidade enquanto ele, já marido meu, se perdia aturando gente de chapéu, apenas para não ser visitado por nenhum deles no seu leito de morte, em hospital público.

Quando o Sul passou o Nordeste, a minha cozinha precisou de outra ciência. Primeiro foi a ruína na política e na saúde de meu pai. Depois, a de meu marido, sem a renda dos abates nem das plantações. Mas da queda se faz bom caldeirão. Tudo que o dinheiro comprou pôde ser gasto, as receitas que melhoramos, não. O que agrada a um, agrada a mil. Que prato cabe a qual ocasião? Esse aprendizado vem de longe, toma tempo, não tem fim.

Faz pouco, dr. Ramil me arranjou uma pedra nova, que eu precisava para bater massas e picar ervas. É um granito escuro, não pedrês nem alvo como os que vêm de longe. Com exceção dessa pedra, tudo na casa é mais claro. Dona Sílvia gostava de tudo branco ou gelo, ou café com bege. E ela de verde. Mas isso, antes.

Ah, a senhora vai passear neste fim de semana? A pergunta vem com o respeito de uma indelicadeza. Queria ir ver minha mãe, eu digo. A senhora ainda de mãe viva, há. Que bem, dr. Ramil repete, batendo palmas surdas. Mas que me importa? Aos sábados e domingos não cozinho. No casarão eles saem para comer fora, ou recebem gente próxima só com aperitivos. Fim de semana serve para isso. Ramil Jr. se tranca no quarto com Taís e o computador. Dr. Ramil uma vez quis saber se eu não sentia falta das grandezas do Norte. Que norte, se não venho da Amazônia? O Brasil não cabe no Brasil, Ramil Jr. entoa. Digo que uma cozinha são várias cozinhas, como na derrota, que traz à tona toda e qualquer forma de derrota. Nessas situações eles riem, falam que sou espirituosa, que nortista é assim. Mas quem provou daquilo, lá debaixo, vai concordar comigo. Longe da terra, me sinto em casa, mesmo com o cheiro de sal no ar. O Rio de Janeiro é serão e praia, me disse seu Jonatas. Não discordo dele, e também não venho de lugar tão diferente assim. Maceió tem praias ainda melhores, sem pedras.

A senhora filosofa, Ramil Jr. diz, imitando o pai, revirando os olhos de queixo para cima. Mas ali, naquela rua cheia de árvores, começam a tomar como deles a ruína dos outros. Fecham as portas e falam em vender a casa. Será minha última mudança? Tem gente que se acostuma a tudo. A senhora vai para onde se venderem mesmo? Quem me pergunta é Maura, copeira. Ela é jovem, ri para os lados quando Ramil Jr. faz graça, passando a mão em seus ombros. Menina, eu digo, bezerro novo também cabeceia.

A senhora pensa em fazer o quê? Pode deixar alguma coisa pronta pra o fim de semana? Às vezes ouço o pedido já perto das seis, numa sexta-feira. Se soubessem das histórias que repasso, na janela, mudariam as receitas da casa, não mudariam? Passear na rua não gosto, ficou para trás. Mato o tempo comparando as coisas de hoje com as de antes. Quando ninguém visita, os pedidos são simples. Uma beringela, claro que sim.

Dr. Ramil não advoga mais, passa o tempo entre a sala e o quarto. Depois da minha causa, e de mais outra, se aposentou da procuradoria e foi cuidar da fábrica de ventiladores da família. Cuida disso por telefone ou recebendo as visitas do contador. Acho esses velhos apartamentos e casarões do Rio mais úmidos e cheios de frieza do que quentes, mas sou a única. Todo mundo quer um ventilador, não quer? De acordo. E um prato de beringela é fácil, não me custa o tempo de um banho. A beringela com carne moída também faz parte dos jantares com gente de cerimônia. Quando jogo a carne na panela de azeite com cebola e alho, o cheiro puxa para dentro da cozinha um dos Ramil, que me repete a mesma pergunta, E a senhora aprendeu a fazer isso onde? A fritura se entranha nas roupas e no meu lenço. De noite, quando me troco e passo pelo cesto na área de serviço, sinto o fartum que vem dos panos embolados no chão. E a memória puxa pela fedentina de outras épocas.

Se a casa for vendida, ia voltar a ser uma pessoa móvel, não ia? Uma pessoa móvel a essa altura da vida. Respondo a Ramil, pai e filho, que aprendi de tudo um pouco, aos bocadinhos. E que as Beef's me deram uma bela lição naquilo que há de bom e de mal no trato com as carnes.

O táxi de seu Jonatas continuava correndo a avenida vazia. Se houver mesmo essa tal mudança, meu quarto-e-sala no Acrópoles fica sendo mais importante que nunca. Ele me come uma fatia da indenização que pus na poupança, mas me assegura um teto só meu. Meu e da minha mãe, digo a dr. Ramil. E ele me dá a ajuda para os remédios da velha, Deus lhe pague. Só mesmo uma expressão. Nunca fui de devoções profundas, mas Deus lhe pague, e nessa mesma conversa sobre onde iríamos parar, se vendessem a casa, Ramil Jr. desatou, com inocência cruel, a sua marrada. Abriu a questão das origens, perguntou por que eu não voltava para Maceió?

Não sou de Maceió exatamente. Mas o susto da pergunta fez com que me perdesse em detalhes que não havia por que dar. Sou ali de perto, vila de Ipioca, onde nasceu o marechal Floriano. Na hora não percebi o quanto isso iria render. Ramil Jr. deu um longo assovio. Eu não ia voltar para onde não tenho mais família nem conhecidos, e as coisas mudaram. Onde era que ia encontrar serviço com a mãe nas costas? Não falei dessa forma, mãe nas costas, idade, serviço, mas dei a entender. Ele só ouviu uma coisa, o marechal, e aos poucos, apertando os olhinhos de bezerro chorão, caiu-lhe a ficha, a bem dizer, a ficha de um entendimento só dele. Sendo eu de uma vila, e em lugares assim todos são meio que da mesma família, eu devia ser parenta do marechal. Na cabeça de qualquer um isso não teria durado o resto daquele minuto. Mas na casa se conta a história de que Floriano teria vivido ali. E, embora dr. Ramil não dê corda a essa ligação, Ramil Jr. repete isso às visitas e me chama na cozinha de *bisneta* do figurão. Importava a ele bem menos a questão de para onde eu iria, se fosse mesmo vendida a casa da Almirante Alexandrino. Aos olhos do aprendiz de advogado, a solução era minha volta às origens, atando laços de sangue com o ex-presidente Floriano, em Ipioca, de onde saí já faz mais de trinta anos.

Em agosto a chuva cessa e chegam os balões. Floriano vê o imenso caixote desarmado no chão, ao lado da carroça de seis rodas que trouxe do porto mercante os três aeróstatos comprados à França. São bolas ovoides, cosidas em tela de trama fina, impermeáveis ao ar, de cor alaranjada e triste. Floriano acha que são belos, toscos mas úteis. Só isto basta para que haja beleza. São como filhotes. Qual o recém-nascido, seja do homem ou de uma porca, que não lembra um coração murcho, contraído em seu esforço para manejar a grande custo sonoras golfadas de ar?

Agora começaram a encher o primeiro balão, aquele curiosamente chamado II. Os numerais estão em tipo longo, marrom-escuro, e derramados no terreno, franzidos na sua engenhosa pele de pano, esses algarismos parecem cobras do tamanho de um homem. A embocadura do II vai suspensa por roldanas presas num cavalete da estatura de um elefante. Rente à boca, há tochas com chumaços de sebo, bicos de lamparinas a óleo, foles e um ventilador movido a manopla por dois soldados sem camisa. Outros sete ou oito apanham as pontas do bojo flácido e sacodem o pano em abalos coordenados, fazendo pequenas ondas na coberta alaranjada. As dobras do pano às vezes lembram os lábios fechados de uma vagina. Então o II começa a inflar. Mais soldados se agrupam, admirados da grande fatia fofa ganhando volume, perdendo seu peso, ou pelo menos parte do peso. Seria assim? Descolar-se aos poucos da poeira amarelada que cobre o chão.

É o que acontece, o II ergue a cabeça como um boxeador golpeado, tentando reaver os sentidos, e na sua veemência, justo aí, por causa dela, tamanho o empenho, certamente lhe cresce a vontade do revide.

Os soldados curiosos dão um passo para trás. Floriano os observa. Têm medo de que o II cabeceie e pile a todos num só toque, ou que os aplaste como aplastaria a cabeçada do mongoloide servente no rancho, ou então aquela do coronel Câmara, comentado por definir suas diferenças despedaçando na própria fronte o casco dos seus demandantes. Também temem o pior, que o 11 cresça demais, que exijam dele um volume superior ao natural, e ele estoure espalhando labaredas em retalhos acesos, numa mortífera onda aderente. Alguns comentam que o propósito do 11 é justo esse, o de ser lançado na cabeça dos paraguaios a fim de calciná-los, enquanto outros, pensando melhor, imaginam o 11 em sucessivas passagens por cima das linhas inimigas, despejando azeite fervente, fundindo-lhes a resistência. Quando percebem que na barquinha vai um único homem, num capote de oleado e com sacos de areia em volta, munido de binóculo, um feixe de lápis, caderneta e uma âncora de três pontas, os soldados zombam e se provocam com os cotovelos, chamando o aeronauta de Engenheiro. Concluem que vá observar lá de cima os oficiais graduados, por trás das colunas paraguaias, ao fundo dos batalhões, e anotar seus nomes, para que os guaranis fiéis ao imperador envenenem apenas as pessoas corretas.

O praça se espalha no riso, acotovela o vizinho, olha de lado e, quando se vira para partilhar sua opinião, dá com Floriano. Logo se empertiga e bate continência. Tinha na cabeça as testadas do coronel Câmara, voltam agora os casos que ouviu a respeito do capitão, aí, de pé, olhos abertos, fardamento impecável, de revólver, galões e sabre, ao seu lado, vendo e ouvindo tudo, talvez pensando numa punição a mais severa possível, para ele, coitado, por que, ele que era só um espectador neste meio de tarde, assistindo ao teste do 11 sem saber para que servia aquilo. Por quê? Mas Floriano segue fixo no balão, não vê o praça. Ouve dele apenas, Ê, essa pelota, mas que grande, e é informado de que o corpo dos Voluntários já chama o 11 de verrugão. O praça reúne sua coragem e examina de soslaio a farda de Floriano, com a comenda de Cavaleiro da Ordem de Cristo pendurada no peito, que o capitão recebeu de Pedro II, em Ordem do Dia do 1.º Corpo de Exército, Pelos bons serviços prestados na passagem do Paraná e desembarque na margem inimiga do Estero Rojas a 14 do citado mês de junho e aos combates da Linha Negra de 16 a 18 de julho.

O que mais espanta o praça não é o metal, mas a moral. Ele se lembra de que em maio último houve um fato ocorrido com Floriano ainda no acampamento de Tuiuti. Fazendo uma visita de rotina à enfermaria do batalhão de Engenheiros, o seu comandante indagou de um soldado qual a doença por que estava baixado, e o soldado respondeu que se achava ferido no ombro por duas pranchadas do capitão Floriano. Chamado à presença, o capitão confirmou tudo, explicando que, despertado muitas vezes para o toque de alarma, o soldado continuou deitado, de pouco caso, pelo que ele lhe tinha aplicado duas pranchadas de espada. O comandante discordou e prendeu o capitão, lamentando fazer isso justamente naquele dia, primeiro aniversário da batalha de Tuiuti, em que Floriano tanto se havia distinguido. Salm de Miranda refere o fato.

Liberado dias depois, Floriano conduz seu pelotão em exercícios de marcha a pés descalços, em terreno farto de formigas, onde vão praticar o tiro à Miniè, em posição deitada e em apoio de joelho. E, agora, ao lado do capitão, notando seu uniforme e os bigodes ralos, as poucas suíças, tentando não se fixar diretamente naqueles olhos, o praça se arrepia com a memória desses rumores.

Mas nem todos associam Floriano exclusivamente às paixões do corpo. Nas suas reminiscências, Dionísio Cerqueira evoca um colega após a campanha vitoriosa como comandante da flotilha do rio Uruguai, época em que, munido de um vapor com peça giratória calibre .9 e lanchões armados de pequenos rodízios calibre .6, impede a reunião das colunas do coronel Estagarribia e do major Pedro Duarte, parando-lhes a investida. Ele dispensou el Pica-Pica e na ação perdeu Manolo, mas desmontou o canhão que cobria o reagrupamento das tropas de Solano López.

E naquele tempo eu já gostava muito de Floriano. Era um rapaz forte e simpático, dos melhores jogadores de esgrima de baioneta, excelente desenhista, a ponto de ser citada a sua estampa da ilha de Porqueroles como sendo um primor. Quando soube que havia retornado a Uruguaiana, fui lhe dar meus parabéns pelo papel que acabava de representar. Ele me agradeceu com a modéstia de sempre, e como nenhum de nós era loquaz, conversamos pouco. Inconscientemente era um líder imediato, que fascinava sem brilhantes dotes sugestivos os que o rodeavam, até os últimos tempos de sua vida, em que no fastígio do poder se revelou o mesmo Floriano, sereno e bravo, judicioso, frio e cauto, conquistando dedicações até o fanatismo, e despertando da mesma forma ódios terríveis.

Floriano não passava sem ser notado. Agora, o tenente que o escolta ao campo de soltura afasta os curiosos, empurra o praça, cuja imaginação acena ao futuro, e Floriano segue rumo ao II, já fornecido de suas areias e um meio cacho de bananas, prestes a ser içado, seguro por um cabo preso a um carretel grande, largo, muito maior do que a roda de uma caleça. O tenente que o acompanha manca de uma perna, comanda bem, por trás do bigode cheio, à prussiana. Diante do engenheiro e dos outros oficiais, encara o piloto e fala em nome de Floriano.

Precisamos de informações exatas pra ajustar a passagem das tropas e formular os planos, e dados detalhados, do comprimento e largura das ilhotas, as fixas e as flutuantes, da elevação dos montes e do concurso dos rios, e também dos tipos de acampamento, cada qual, as fortalezas no campo, das condições das estradas que passam por elas, até as vilas, precisamos disso tudo, entendido?

Entendido, diz o piloto.

Floriano olha o jovem em seu impermeável negro e bolsões de abas abotoadas, o chapéu curto, binóculo sem estojo pendurado no pescoço. O rapaz tem o rosto raspado, lembra uma moça com olhos de vidro. Floriano sinala de cabeça ao tenente, que fala, Hoje não é um teste.

Não é um teste?

Não. Positivo, piloto. Hoje não é pra ser um teste. Vamos lhe dar mais cabo. 350 metros em vez de 75. E, depois de uma pausa, Assim vai dar pra fazer muito mais.

350?

É. Três, cinco, zero.

O piloto fica calado.

Um oficial-engenheiro comenta, Os franceses testaram esse aqui várias vezes, e os outros verrugões já vão a caminho de seus pontos. Tem dois na linha do front, sul e sudeste, pra levante ainda hoje.

Floriano concorda de cabeça e olha para o tenente, que diz, Sucesso a você, soldado Farias. O soldado aperta os olhos e espreme os lábios, meneando a cabeça.

No aceno curto, com a mão espalmada e reta, vibrando, Floriano confirma os votos do tenente, lhes dá as costas e começa a tomar distância do ii. O engenheiro e os outros oficiais também deixam o piloto, que monta na barquinha, atende à bandeira Içar e solta os quatro contrapesos de areia.

O ii inicia a subida. Floriano vê a catraca e, de mãos embrulhadas em bandas de couro cru, os negros que deixam o cabo correr no carretel ancorado a quatro estacas grossas. Os curiosos passam devagar, acenam em silêncio, o praça também acena, lívido, olhando para cima e para baixo, indo e vindo do balão a Floriano. Contra o azul da tarde, o ii lembra um tomate escurecido, uma bexiga subindo afoita com seus dois riscos em forma de cobra, um seio, muito embora não seja a fruta nem as serpentes o que ocorre a Floriano, mas sim a cabeça de uma criança ansiosa, tirando do berço, pela primeira vez, seus olhos de engolir o mundo.

Solano López acabou de jantar. Comeu mais cedo. Está fumando, lendo informes na sua barraca de piso forrado com pranchas de madeira. Veio a campo pouco depois de saber que Pedro ii estava em Uruguaiana, para discursar na retomada da mierda dessa cidadezinha brasileira. Solano López risca a lápis arcos e linhas onduladas no mapa encartado na mesa à sua frente. Marca os lugares onde acredita que estejam os pontos sensíveis do front, quando do nada chega um intendente à sua procura. Ele admite ser interrompido porque hoje lhe parece um dia bom, aliás, até ali, hoje tinha sido o melhor dos dias em campo, na merda desse campo, e não ia perder a paciência de novo, logo agora. Por isso, ouve as razões do jovem e, persuadido pela refeição recente, pelos charutos, segue para fora da barraca. Ali ainda há aquela luz forte e incômoda de sol baixo, e Solano López aperta os olhos, põe o lenço no rosto, tapando a claridade e o frio, cobrindo-se do pó que vem dos cascos dos cavalos e das rodas das carroças levando para lá e para cá provisões, munição e sal.

De pé, adiante, está um major sério, cordial, de nome nasalado, que logo o saúda, Mi mariscal, presidente, e em seguida aponta o dedo para cima.

Solano López não entende, não enxerga o ponto em questão, ainda não percebeu o que é, então o major afável lhe passa o binóculo. Está de bom humor, sorri quando recebe o instrumento e põe os olhos na direção em que aponta o major.

¿Qué pasa ahora? E de repente ele dá com o alvo, A ver ¿un balón de fiesta todavía por mis cumpleaños?

Lejos de acá cinco o seis quilómetros, mi mariscal.

Solano López fica calado. Aperta o rosto. Passa o lenço na testa e põe de volta no bolso. Se ele vai a cinco ou seis quilômetros dali, e aponta desse tamanho, àquela altura, não era qualquer balão. Baixa o binóculo e agora, sim, vê o pontinho a olho nu. Quase não parece mais que um pássaro, a merda de um urubu negro e feliz, flanando como flanam por cima dos corpos.

Y son tres. Desde la banda brasileña, diz o major.

Solano López devolve o binóculo e abotoa a casaca de feltro cinza. O frio bate com força no final do dia, às vezes a esta hora dá impressão de ser pior que no meio da noite. Ele dá as costas à sua escolta, tem o rosto crispado.

¡Hijos de puta! ¡Hijos de puta! ¡Hijos de una puta barbada!

Efectivamente, mi mariscal.

¡Que me busquen al ciudadano capitán Maximiliano Ureña!

Já era tarde, e o professor continuava. Pense no seguinte, ele se virou para o meu lado e disse. Quinze por cento da internet é feita de vídeos com gatos, somente gatos. Fotos e clipes com esses animais sozinhos, ou então com outros de outras espécies. Às vezes posam com os donos. Mas na maioria os donos não aparecem, estão filmando, fotografando. Li isso num website chamado Fatos Digitais. Ironia, não? Há pelo mundo afora transmissões, vinte e quatro horas por dia, de bichos nos seus habitats. Os pandas são campeões nisso. Tem câmera apontada pra bisões, pinguins, ninhos de águia.

Aqui no Brasil o ArarAoVivo começou faz uns dez anos, como uma campanha particular de uma mulher chamada Sheila. Era seu hobby. Acabou recebendo apoio do Ibama e do American Conservation Society.

Mas ela morreu num acidente de carro dois anos depois de iniciar o projeto. Pouco antes, Mira, a primeira arara a ser acompanhada pelas câmeras de Sheila, tinha sido atropelada, ao vivo. A partir dessa coincidência os internautas começaram a prestar mais atenção. Vieram entrevistas com a equipe e posts contando a tragédia. Vejam bem. Toda cultura começa por um trauma, não é verdade? Depois que Sheila morreu, a estação das araras perto de Corumbá passou a um tal de Paulo Camerino. Numa entrevista à Rádio Senado ele diz que deram o nome de Sheila à arara que hoje é a estrela do projeto. Vão me ouvindo. A senhora também, que o caso é esplêndido.

Essa arara Sheila é uma estrela problemática. Demorou um ano até que no ninho dela aparecesse uma arara macho. Finalmente, por volta de abril daquele ano Sheila botou o primeiro ovo. Não preciso dizer que isso foi muito celebrado pelo grupo e pela gente nas redes sociais. Então veio um segundo ovo. Depois, um terceiro. A animação cresceu. Na página de Sheila, a cada minuto alguém postava a sua opinião. O que via, o que achava que estava acontecendo. 14h15, Sheila está com os filhotes debaixo da asa. 17h05, deu sementes de girassol a um deles, que lindo. 5h30, um dos filhotes recebe mais atenção que os outros. 6h45, o número dois, à direita, ficou sem comida o dia inteiro. 7h20, Sheila olha em volta com um ar esquisito, os filhotes estão gritando. Já pensaram?

Os internautas começaram a postar votos de confiança, carinho e corações no site do ArarAoVivo. Ouçam. A imaginação é um poço cuja água nos dá mais sede, acho que foi Machado de Assis quem disse isso.

As visitas à página de Sheila chegaram a dezenas de milhares por dia, e começaram a aparecer mais opiniões. Uma, Ela não está alimentando direito o segundo filho. E outra, Está bicando a cabeça deles. E mais outra, Sheila é péssima mãe, vi ela arranhando os seus filhotes ontem. Já imaginaram? O projeto é no Mato Grosso. No mato. Os animais não se comportam por cartilha nem leis de consenso. Uma internauta, Mae-Natura, passou a protestar diariamente. Os comentários transformaram Sheila numa genitora abusiva. Veja bem, seu Jonatas, o senhor não acreditaria no que essa gente é capaz, na internet. Feliz aqui de quem dirige esse carro e ouve histórias de gente real, cara a cara. As paixões, a dependência emocional nos definem, verdade? *Ergo passio ego sum.* Em latim não tem erro, já se disse tudo. E, como não poderia deixar de ser, alguém postou um pedido angustiado, Por favor só vi esses vídeos agora a mãe atacando as crias mas façam ela parar que isso é anormal. E outra, Tirem os pintinhos daí. Arara não mata. Salvem a espécie, *et cetera, et cetera.* Até que Mae-Natura deu o golpe de misericórdia. Disse, O problema aqui é Sheila e estou avisando se vocês não fizerem ela parar com isso faço eu com as minhas próprias mãos. Então alguém repostou esse ultimato, acrescentando #NeutralizarSheila.

Paulo Camerino não era especialista em aves, começou a receber ataques pessoais. Administrava as câmeras do ArarAoVivo e sabia o lugar exato do ninho. Consultou os especialistas e um deles disse que nunca tinha visto disso. Mas todos concordaram que Paulo não deveria intervir. Não dê comida aos filhotes. Não tire nenhum dos três dali. Deixe Sheila como é. Aconteceu que os filhotes começaram a se atracar, disputando a pouca comida que a mãe trazia. Os internautas voltaram com novas tiradas morais. Todo mundo tem uma opinião sobre o mundo, concordam? Mas espalhar opiniões tocando o trombone das redes sociais não é fazer política. Isso é comércio. Claro está. Comércio de egos em busca de uma fichinha de validação. Olha o meu gato que lindo! E tomem vídeos e selfies. Não é assim que se diz, céu-fiz? Cada qual se acredita um Deus emendando o mundo pelo teclado. Por aí começam a teorizar. Talvez três filhotes seja demais pra Sheila. Ela está estressada. Será que é culpa do pai? Talvez ele esteja fazendo outro ninho ali perto e Sheila se vê louca. Mas quem se via louco era Paulo Camerino, que assumiu o projeto de Sheila, a mulher morta prematuramente no trânsito. Todo mundo estava com raiva dele e queriam que agisse de qualquer forma. Ele foi acusado de ser desumano pra com os animais. Num abaixo-assinado digital, exigiram a sua demissão. Mae-Natura coletou mais de 25 mil assinaturas. O Ibama e o American Conservation Society recomendaram que ele encerrasse as transmissões. Fiz uma entrevista com Paulo Camerino pra o capítulo República das araras, parte do meu novo artigo.

 Já disse a Ramil Jr., atenção com esse tempo todo on-line. O mundo não é digital. Aliás, não estamos aqui neste táxi? É prova disso, verdade? O senhor, dr. Ramil, faz muito bem em querer ver as manifestações de perto, não apenas pela mídia. Mas bom, voltando ao ponto, Paulo não parou com os vídeos do ArarAo-

Vivo, postou um alerta aos espectadores. Que eles poderiam encontrar ali um comportamento perturbador. Se não gostassem disso, ele disse, parassem de assistir. Mas as pessoas não pararam de assistir e, quando as coisas ficaram difíceis pra as ararinhas, o número de espectadores aumentou ainda mais.

Paulo tentava moderar as discussões e responder às mensagens, acabou sofrendo um ataque de estafa. Foi tirar férias em Campos do Jordão e estava com a irmã na pousada quando o celular tocou. Uma pessoa com voz de mulher disse que ele era mau, porque não representava em nada os direitos daquela família de araras, quando na verdade era pago pra isso. Paulo disse, Minha senhora, eu estou de férias. Segundo ele, a mulher teria respondido, É pena que as ararinhas molestadas não possam também tirar férias, e bateu o fone no gancho. Não podia acreditar no que estava acontecendo, Paulo me disse. Basicamente queriam que ele torcesse o pescoço de Sheila. Então voltou das férias e postou uma mensagem que encerrou a questão. Sabem qual foi? Ele agiu com o coração. Feito homem cordial. Não é isso que nos define?

Ele disse, Gente, não vou sacrificar ninguém. Quem disser que os ataques de Sheila são perturbadores tem toda razão, estou plenamente de acordo. Experimentem testemunhar isso pela janela, todo santo dia, com gritos, não só por uma webcam muda. Eu me viro na cadeira e dou com o ninho lá fora. Mas lhes digo uma coisa, acho isso a grande bênção de minha vida. E Paulo Camerino concluiu mais ou menos assim, Entendo de coração que vocês se apeguem a essas aves e que elas façam parte das suas vidas de uma maneira às vezes incômoda. Confessou que estava ligado a elas de forma pessoal. Perdi a minha esposa, Sheila, num acidente estúpido quando ela tinha quarenta e quatro anos, depois de passarmos dez anos juntos. Toda vez que vejo as araras, penso nela, na sua dedicação a essas aves pelo que elas são, do jeito que são. De outra forma, seria como se não deixássemos que elas fossem araras.

Então, pufe, a questão acabou *per saecula saeculorum*. Foi iniciada, desenvolvida e encerrada pelas paixões que constituíram, bem ou mal, uma comunidade política. A política é o campo de afetos e desafetos coletivos. Concordam? Pelo menos essa é a minha teoria. Enfim, no final daquele ano as três ararinhas aprenderam a voar e deixaram o ninho. Uma delas foi encontrada morta debaixo de uma árvore próxima à câmera, mas fora de seu alcance. Era a número dois. Estava obviamente desnutrida.

Ao mais brioso e inconciliável grupo de acanhados estadistas e marujinhos, vocês, os senhores, caros moços, agora me ouçam com cuidado, vou lhes fazer uma confissão. É o seguinte. De todas as memórias que vocês já arrancaram da minha alma, por causa dessa curiosidade nos seus olhos, sombras pedintes, e nisto não brinco, vocês não notam, têm ouvidos como o poço daquele conto de fadas, cabe aí o mundo, os segredos do mundo inteiro. Silêncio, por favor. Exijo. Se me pedirem pra parar é pior. Lembrem que memorizar é importante. Depois vamos ler um pouco. Você aí, se sente. Dizia eu que, de todas as memórias que vocês puxaram de dentro do meu peito, a mais forte é a que vão ficar conhecendo agora. São quantos anos meus aqui na Praia Vermelha, trinta? Releguei essa o máximo possível, é só um nome, sabendo que voltar a ele seria mexer em saudades profundas. Mas também há prazer, há até prazeres. Não riam. Risinhos, não. Vejam, antes de vocês, bem antes, sabem quem passou por aqui? Vários da campanha da Tríplice Aliança. O major Floriano, conhecem esse? Passou por mim, aqui, comigo, na leitura dos diálogos de instrução cívica, pintou o pano da boca de cena e os de fundo, várias vezes. Era um mestre, de pequeno, na esgrima, na ginástica, no tiro. Considero o major Floriano um ex-aluno-amigo que me ensinou muito, nos vários aspectos da guerra, por carta, e da vida. Pelas experiências que teve, vindo do Norte. Como vocês. Como alguns de vocês, pelo menos. E agora vamos ler uma das suas cartas endereçadas a mim, do seu campo de campanha, em Bagé e Uruguaiana.

O sargento José Gentil faz uma pausa.

Sem. Tido!

E faz outra pausa. O seu rosto toma um ar mais severo.

Isso mesmo, de pé. Todos vocês.

E, antes de começar a ler, abre os braços como um pássaro.

Floriano se corresponde com colegas de farda e com a família. Não escreve até então, ou apenas raramente, a Josina. Atua mais e mais no Corpo de Engenheiros, planejando como melhor içar os balões por cima das linhas paraguaias. Faz o reconhecimento ofensivo, enquanto lê e se informa que o primeiro balão do mundo foi construído em 1709. Era de ar quente. Subiu alguns metros. Em 1783 os irmãos Montgolfier armaram um de papel e pano, e mandaram ao ar um pato, um galo e uma ovelha. O balão flutuou por quase uma hora. Fizeram outro maior e o ataram a uma árvore. Puseram dentro um homem que voou a trinta metros. Fizeram outro, maior, sem cabo. Içaram este com um voluntário a bordo, e dessa vez ele chegou a cem metros de altitude. Também na França, pouco depois, Charles e Robert fizeram outro tipo de balão usando seda inflada a hidrogênio, tripulado por um deles, o mais leve, que chegou a três quilômetros de altitude.

A França lançou mão de balões semelhantes em 1794 na busca de soldados inimigos, contrarrevolucionários. Na Guerra Civil Americana, o Exército da União usou algo parecido para atirar nas tropas Confederadas. E em 1870, o último ano da Guerra da Tríplice Aliança, um horizonte ainda distante de Floriano, Napoleão III, o sobrinho de Bonaparte, lançou balões para passar durante a Guerra Franco-Prussiana malotes postais por sobre as tropas de Otto von Bismarck.

Floriano afrouxa as palmas nos ouvidos e começa a descer. Os problemas com a navegação dos balões ainda são os mesmos da época em que Azeredo Coutinho, bispo de Elvas na invasão napoleônica e último inquisidor geral, escreveu a sua memória à Academia Real das Ciências de Lisboa. Agora, acostumado às descidas, Floriano se deixa baixar mais rápido. Vê, ao longe, em altura superior à sua, o II e o III alaranjados e fiéis, cobrindo os flancos paraguaios de sul e sudeste. Onde vão parar, se o vento continuar com essa força? Floriano tapa as orelhas e nivela.

Problema, propôs-se o bispo em 1815. Dar-se a direção que se quiser a um balão que boia sobre o fluido da atmosfera...

Faça-se ao redor do diâmetro do balão na sua maior expansão um círculo de um sólido o mais leve e o mais forte possível, por exemplo, de canas da Índia de que se fazem cadeiras e canapés, ou de faia, de sorte que tudo forme como a ossada do pássaro, que, como se trata de formar um corpo volante, a figura de um pássaro parece ser a mais própria. No dito círculo se ponham quatro colunas bem presas que prendam também na barquinha do balão, e, sendo necessário maior segurança, se enerve ou se cubra tudo de couro forte bem cozido e bem apertado, além das cordas com que se costuma prender a barquinha no balão. Das duas colunas do círculo do balão se forme o pescoço do pássaro com lascas das mesmas canas, coberto com lona, brim ou estopa, e das outras duas colunas se forme da mesma sorte o resto do pássaro, e o rabo formado de duas canas pode servir de leme, feito e ajustado do melhor modo possível para se darem todos os movimentos que se quiser na direção do balão. No meio das quatro colunas deverão ficar aberturas para a entrada e a saída cômoda dos aeronautas, além das janelas ou aberturas que se quiserem deixar, ou abrir, no formado corpo do pássaro.

Floriano destapa os ouvidos e baixa as mãos até a cintura. Está solto, desce em queda livre, com a suspensão própria das entranhas que gelam no ato, esfriam mais do que suas bochechas. Ninguém entende por que ele sai a campo de uniforme, casaca e capote, atribuem isso aos frios de um nortista no sul. Mas a cada cinquenta metros a temperatura baixa três graus. Floriano tapa os ouvidos e, de novo, nivela. Assim brinca como um peixe saltando fora d'água, golfinhos, andorinhas, bichos que volteiam no ar.

E diz o bispo, Também se poderão ajustar ao círculo ou cinta do balão duas como que asas, que se podem abrir e fechar como se quiser, não só para facilitarem os movimentos e o voo do balão, mas também para servirem de paraquedas no caso de qualquer desgraça, bem entendido, que a barquinha e o balão devem ser de uma grandeza capaz de voar com dois homens, para se ajudarem mutuamente no manejo dele, além da máquina impelente do ar e dos instrumentos e ingredientes necessários para o gás do balão. E o todo do pássaro pode ser pintado em forma de penas, com as cores que mais agradarem ao artista, e que melhor se vejam ao longe.

O pássaro do Brasil
voando em giro rotundo
levará riquezas mil
às gentes de todo o mundo.

Mas quem Floriano escolheria para dividir a barquinha de sua passarola? Josina? Seus levantes são tão ermos e cheios de contentamento que a imagem de um copiloto seria a morte do seu propósito. Nem sequer a disputa entre as opiniões em torno da guerra tinha para ele grande interesse. Uma ideia, as ideologias, uma vez postas no mundo, pertencem a todo mundo. O inquisidor geral Azeredo Coutinho, por exemplo, conservador solitário, dedicou no ano da derrota de Napoleão seu esboço técnico ao sereníssimo sr. dom Pedro, príncipe do Brasil, futuro pai de Pedro II. O bispo plagiador tirou a mecânica da passarola do falecido padre Bartolomeu de Gusmão. E, feito conselheiro do reino, concluiu a memória com uma quadra patriótica, de gosto duvidoso, que, cinquenta anos depois, talvez desagradasse até mesmo ao próprio Floriano.

Quando chega à rancharia, ele ouve que o *pataco* vai discursar na rendição do coronel Antonio de la Cruz Estigarribia, no centro de Uruguaiana. É informado também que acharam o corpo do Pica-Pica com a garganta cortada, a cabeça afundada por uma pedra e os testículos enfiados na boca. Floriano não demonstra surpresa nem pede detalhes. Ureña teve, na litania entre o Paraguai e seus três vizinhos, o fim que ele próprio cantou.

A essa hora os balões II e III já baixavam dentro da cártula de madeira, por cabos corrediços, chapas de vidro fotográfico com imagens do campo paraguaio, mostrando a movimentação das colunas de Solano López. Iam e vinham também os guaranis e os moradores da fronteira trocando pavilhões, passando de um exército a outro, com as notícias do lado hostil. Floriano se lembra de Bonaparte.

Depois que um complô para assassinar Napoleão foi descoberto, Fouché aconselhou que o general declarasse a França um império hereditário, esta seria a melhor maneira de se evitar conspirações. Bonaparte realizou o feito em 1804. Fouché assumiu a direção da polícia secreta e montou uma rede de espiões que ajudou na criação de um dossiê a respeito do próprio imperador.

Vinte e oito de agosto de 1807. Monsieur Fouché, ministro da Polícia. Mande escrever artigos sobre a conduta do rei da Suécia, que ele teria abandonado covardemente uma das suas cidades ao inimigo. Os artigos devem adotar um tom severo, e tornar claro que a rendição dessa cidade e seu abandono à mercê da força inimiga não é atitude digna de um príncipe. Constitui uma violação de seu dever para com o povo, até mesmo num país conquistado. E que deixar para trás peças de artilharia, além de uma cidade antes que a soleira desta fosse sequer cruzada pelo nosso Exército, é desgraça para a sua coroa e perda de sua honra. Os artigos devem ser longos, e explorar essas ideias mostrando com toda autoridade a fraqueza do rei, sua inconsistência e a sua insensatez. Mande escrever um longo que seja uma clara acusação do seu caráter como monarca e como indivíduo. Bonaparte. *NAPOLEON I. GALL. IMP. ITAL.REX. NAPOLEO. MAGNUS.GAL.*

Quando Napoleão foi derrotado em Waterloo, e forçado a abdicar do seu segundo reinado, em 1815, Fouché foi apoiar, com as informações que tinha, o aparelhamento da restauração monárquica. Bonaparte exilou-se na ilha de Santa Helena, de onde, espionado, se correspondia intensamente.

* * *

El pataco vai discursar, diz o major Tomás Belaroqui, em espanhol, e joga para Floriano uma pataca de duzentos réis. *PETRUS II. D.G.C.IMP. ET. PERP.BRAS. DEF.* Pedro II, com a graça de Deus imperador constitucional e perpétuo defensor do Brasil. *El pataco.* O argentino acha hilário que os Voluntários chamem o imperador de pataco.

Floriano se escora na parede do casario oposto ao palanque, do outro lado do largo. Escolhe ficar ao fundo da multidão que se aglomera, deixando a praça apertada. Armaram entre o adro da igreja e a casa do antigo capitão-mor um tablado de metro e meio de altura, largo de seis por dez, onde vão em cima as comissões eclesiásticas do prelado local, uma linha de oficiais, três brasileiros, três uruguaios e três argentinos, e um trono em cadeira de braço e espaldar alto. Durante a cerimônia, Pedro II não se senta. Veste-se de preto, com longa casaca de fazenda inglesa, de um negro aceso e denso que reluz no sol da tardinha. Não usa insígnias. Sua sobriedade é assombrosa. É o que primeiro chama a atenção de Floriano. Não há medalhas nem colares de ouro. Os Rothschild emprestaram sete milhões de libras esterlinas ao Brasil, para os fins da guerra, e ele não usa ouro. E é alto, muito alto. Branco, de longas barbas raiadas de grisalho. Ao seu lado estão o conde d'Eu e os comandantes-chefes aliados, Mitre e Venancio Flores. A banda do 1.º Corpo do Exército toca um trecho do hino nacional, enquanto o coronel Estigarribia sobe o estrado sem sorrir nem parecer contrariado. Traja uniforme paraguaio de gala. Uma vez diante de Pedro II, o tarol para de rufar e ele se volta para o imperador. Presta-lhe uma saudação marcial, que é acolhida com um aceno. Estigarribia desataca de seu boldrié o anel da bainha e apresenta, com as duas mãos estiradas, a espada de tiras soltas, com as cores do pavilhão inimigo. Então Pedro II começa a falar. Fala do alto de sua estatura de Habsburgo, mas com a voz suprema de um *castrato*. Esganiça as frases longas. E o desajuste entre as duas medidas amplia o silêncio da multidão, fazendo cair o queixo e dilatarem os olhos dos soldados das três bandeiras.

Augustos e digníssimos senhores defensores desta Nação, animam-me as esperanças que a pátria deposita em vosso espírito voluntário. Ou espontâneo, talvez ele tenha dito espontâneo, ou inteirado. Floriano não consegue ouvir bem. Está longe, a palavra voluntário, tão familiar no título do batalhão pátrio, soa agudíssima e, assim mesmo, serena. Como pode? O imperador diz, Venho hoje reabrir esta cidade, cidade, com *ci* e *ade* bem abertos por sobre as cabeças dos soldados, parece a Floriano de uma gentileza enorme, talvez exagerada, pois Uruguaiana não passa de uma vila. E ele diz, As relações do Império com as potências estrangeiras continuam, felizmente, a ser. Mas, continuam a ser o quê? Ele ouve algo parecido à amizade. O marechal Solano López está só. Alguém repete isso a seu lado. O espírito de ordem que sempre prevaleceu em nosso país deve continuar. O imperador garante, Esta fronteira não será exceção, ou restrição, ou talvez não seja ela uma desobrigação do reino, das tarefas do mandante supremo, Pedro II. A insensatez do ditador, influído por causas mórbidas, determinou o a-pare-cimento deste conflito. E *com fli-ito* ecoa longe, agudo. Uruguaiana foi das primeiras a cair, ele diz. Mas a prontidão dos socorros. Qual prontidão? Atenuou os estragos do mal, que está extinto, aqui, senhores. E *aqui* soa alto, estridente, trespassando as partes ocupadas pelos soldados a postos, ali adiante, e talvez chegue até os ouvidos de Solano López. O meu governo tem... e há uma profusão de palavras perdidas na ária do *castrato*, São as nossas providências. Floriano sente vontade de tapar os ouvidos e subir, cheio de curiosidade. Subir alto. De cima, com toda certeza escutaria melhor, mais próximo à estatura do Habsburgo, El pataco, que diz, A buscar amparo religioso, pelo respeito ao bispado em cada uma das nossas províncias, em geral tão extensas. E confio, o imperador fala, ia dizer alguma coisa importante, mas Floriano ouve apenas *missão*, no final da frase, que lhe soa de espírito liberal. É tempo de satisfazer à nossa dupla promessa de união, e em seguida algo repica parecido a *tropas uruguaias e argentinas*. Então Pedro II lembrou o imperativo de fazer crescer a nossa capacidade militar, é o que dirão a Floriano, depois, os soldados entusiasmados pela visita do imperador ao lado de seu próprio genro, o conde d'Eu. Era uma aspiração constante e justíssima do Exército e da Armada.

Digníssimos senhores. Ele vai acabar. Simpático, franzindo o cenho e balançando o queixo, vestido de preto, Pedro II se pronuncia do intenso estreito de sua garganta. Muito já haveis feito pela defesa da pátria, que ela é grande. E estoura, por fim, na força da sua última pausa, a palavra desdobrada em duas, *paatri otiismo*, alta e suave, finíssima, confiante no sacrifício de todos que aqui estão. Deus vos abençoe. Esteja aberta esta cidade.

A multidão aspira o ponto final como se levasse um susto pelas costas, aplaude furiosamente. Há quepes, chapéus ao alto, assovios, vivas ao imperador, que passa hesitante a espada ao conde d'Eu e aperta a mão de Estigarribia. Uruguaiana volta a ser parte da província do Rio Grande do Sul. Pedro II acena. A postura do pataco, sua voz estridente e refinada, o porte da casaca inglesa, negra, do Voluntário N.º 1, causa forte impressão em Floriano. E aos poucos os pedaços do seu discurso, pedaços esganiçados, juntam-se para formar um esboço de sua política para esta fronteira, um tenho-dito e faça-se com a delicadeza de um pedido e promessas de honrarias póstumas, na necessidade de dar as mãos aos vizinhos do Sul, abrir as portas aos estrangeiros e perseverar a custo das vossas vidas. A vitória da pátria viria logo, ele disse. Floriano também acreditava nisso. Mas, na realidade, a partir daquele dia o conflito ainda duraria mais de três anos.

Em pronunciamento oficial, a Câmara dos Deputados da República Federativa do Brasil refletiu, recentemente, a respeito do propósito do imperador e dos resultados alcançados com a guerra. Se é aí que alcança o auge da sua popularidade, também surgem sinais de seu declínio. A guerra durou mais tempo do que se previa e custou 614 mil contos de réis, quantia equivalente a onze vezes o orçamento imperial para 1864, ano de seu início. Nascem um déficit que se manteve por décadas e um Exército imperial moderno, organizado pelas urgências do conflito. Dezoito mil recrutas em 1865 comparados a 82 mil em 1869, diz a Câmara.

E, vinte anos depois, o mesmo Exército acabaria abatendo a monarquia com apoio do Partido Republicano Paulista.

O professor disse, Vejam só. Só quem dá opinião e se vangloria dela é a classe média. Isso tudo que vocês estão vendo é radicalismo de classe média. O aristocrata não dá opiniões, inspira obediência posando com a sua linhagem. O proletário só tem, como diz seu próprio nome, a prole. Não tem tempo pra entrar no mercado das ideias, o dia é curto. O alto burguês, capitão de indústrias, por exemplo, comanda com a caneta e um carimbo. Não sobe ao plano das abstrações, porque ali não há o que ele quer, acumular posses. O pragmatismo dessas três classes obviamente a classe média não herdou, verdade? Vive numa sopa de opiniões, aspirando ser como um aristocrata, consumir como um burguês e, ainda por cima, se queixar de que é difícil manter a dignidade do trabalho, terreno dos proletários.
Marx já disse, Karl Marx, que fez da economia uma filosofia. Num lindíssimo texto sobre a middle class inglesa, ele disse, A onda industrial que fez brotar o ressentimento dos trabalhadores com a aristocracia se amplia na migração desse conflito, digamos, que hoje opõe o proletário à classe média. Aliás, no saudoso século XX a agitação política dos trabalhadores ensinou a classe média a odiar o confronto político aberto, nas ruas, pondo abaixo as instituições do conforto. É como na canção que diz, Família não joga pedra em janela, joga pedra no gari. Aquele famoso sambinha que, apesar de paulista, tinha jogo de cintura, concor-

dam? Grande samba político, enganou até a ditadura. Enfim, a classe média ainda hoje imita a aristocracia na pose dos seus idealismos descolados do mundo material. Mas um dia ela vai ver que a reputação é monopólio da nobreza de sangue, logo em seguida vai ser fisgada por uma dessas filosofias do pós-moderno. Orgulhosa desse tino pela via do prazer, pela *via crucis* do corpo, como disse Clarice Lispector, vai ver os filhos sendo arrastados pra fora das universidades, a educação entregue a um bando de retrógrados, os evangélicos se metendo na política, e a polícia levando no domingo todo mundo pelo braço à igreja. Isso como, aliás, já está acontecendo em São Paulo. Eu estudei na USP mas sou muito crítico de São Paulo. Desses 65 mil que estão vendo aí, segundo a Polícia Militar do belo Rio, desses garanto que pelo menos 50 mil ou mais são de classe média. Estão balançando o chocalho das opiniões sem base.

Então o professor, cansado de discursar, fez uma pausa, lambendo os beiços. Depois continuou, Já na arte, por exemplo, isso é um pouco mais complicado. Que ela pertence e, ao mesmo tempo, não pertence ao reino das opiniões, e ele estirou um braço num onda larga, lentamente, que se espalhava até sua mão apontar para um mural pintado no paredão de um prédio comercial. O grafite era um crânio imenso, com margaridas nos olhos, mastigando a bandeira do Brasil. Embaixo havia um lema. O PETRÓLEO É NOSSO. A PETROBRAS TAMBÉM. Mas o professor não leu isso. Em vez, falou, *Vita brevis, ars longa, iudicium difficile*. A vida é breve, a arte é longa e o juízo difícil, essa é do meu tempo de seminarista, ele admitiu.

Ramil Jr. não disse nada, e dr. Ramil falou, Vamos por ali, pelo outro lado. Então atravessamos a rua e tomamos a calçada no sentido oposto ao da caveira. Caminhamos uma quadra e meia, demos com uma multidão diante de um palanque com balões presos por cabos, ao lado de uma moldura de canhões de luz e alto-falantes. Nas bolotas imensas, iluminadas no alto por holofotes, havia as imagens de uma cerveja gelada e de um papagaio, o garoto-propaganda de minha operadora de celular. Infelizmente, esse papagaio me trouxe de volta a lembrança da tragédia de Sheila.

Fiquei pensando no seguinte. Dilma já tinha se pronunciado na tevê sobre as tragédias que a população enfrenta, e sobre como o governo tenta ajudar as regiões carentes. Animada, séria, trajando azul e branco, ela falou, Senhoras e senhores, primeiro, bom dia a todos. Queria cumprimentar, diante de mim. Isso mesmo. O nosso governador. Cumprimentar o senhor prefeito de Uruguaiana e sua senhora. Queria cumprimentar também as senhoras e senhores vice-prefeitos e prefeitos aqui da região. Então. Queria cumprimentar o ministro ex-vice-governador do Rio Grande do Sul, ministro do Desenvolvimento Agrário. Queria cumprimentar o secretário nacional de Defesa Civil. Cumprimentar também as autoridades argentinas. São nossos amigos. Vocês são, sim. Olha, cumprimentar as senhoras e senhores jornalistas, fotógrafos e cinegrafistas. E queria destacar que é importante para mim ter vindo aqui em Uruguaiana, ela disse. Eu conheço bastante essa região da época em que eu ainda era secretária estadual de Telecomunicações aqui do estado. Certamente o prefeito Gilmar tem toda razão. Não tem? As pessoas que vivem na beira de córregos, na beira de rios, na beira de lagos são as pessoas de baixa renda. Porque a urbanização, gente, empurra essas pessoas para os lugares de risco. E ela falou, A gente não pode achar que consegue dobrar a natureza. Como? Não é mesmo? Mas nós podemos tomar providências para que as pessoas não fiquem expostas. No passado. Espera. Todo mundo sabe. No Brasil, houve a indústria, por exemplo, da seca. Você não combate a seca, convive com a seca. E o governo colabora. O estado da federação que mais pediu médico foi São Paulo. E por quê? Porque São Paulo centra uma quantidade grande de população e essa população está nas periferias. E na periferia não tinha médico. Então, ela disse, estamos diante desse fato. Que é muito importante. Aliás, que é muito sério. E é importante, também, porque tem um componente humanitário forte. Esse componente humanitário tem que ser central em qualquer política de defesa da população. Daí a importância da ação de prevenção. Então eu queria dizer o seguinte, queria agradecer às Forças Armadas. Ao general Adriano, que coordenou todo esse processo de resgate que o prefeito e o governador, em nome de vocês, isso mesmo. Me comunicaram que foi uma ação pronta e efetiva. E quero dizer aos prefeitos aqui presentes que, por favor, podem contar com o meu governo. Muito obrigada.

Diante de seus rapazes, cadetes de várias origens, Gentil tem o rosto severo quando lê, Acampamento junto ao arroio Guaçu, 4 de março de 1870. E faz uma pausa.

Gentil, já deves saber, caro amigo, o que aconteceu. Como nas partes oficiais muito pode escapar, vou maçar-te a paciência com a narração do que fez o nosso 9.º batalhão. Quando o Câmara uniu-se ao Paranhos no arroio Negia, escolheu-me para fazer a vanguarda com a cavalaria, a mando do coronel Joca Tavares. Na manhã de 23 de fevereiro último, chegando nós ao lugar donde te escrevo, fizemos alto por ordem do general, que me determinou fizesse apresentar uma ala do batalhão para que, com cem clavineiros do tenente-coronel Martins, fosse tomar de surpresa duas bocas de fogo que guardavam o passo das Taquaras, a uma légua do rio Aquidabã. O general recomendou especialmente que tomássemos essa artilharia sem que ela desse um só tiro, a fim de que López não fosse avisado da nossa aproximação. Então o sargento para de ler, abana-se com o papel, apruma os óculos.

E continua, Em seguida, com a ala esquerda, e de combinação com o distinto Martins, cumpri exatamente as ordens do general. Do passo das Taquaras fomos, sem perda de tempo, reconhecer a picada do passo do Aquidabã, e aí nos colocamos de emboscada. López, vendo que tardava a parte diária das Taquaras, mandou um seu ajudante de ordens saber das novidades. Foi este, em caminho, preso pela emboscada. Nova demora de notícias. E o ditador mandou então um piquete de dez homens, dos quais só escapou um, que entrou gritando no acampamento, *Os negros vêm aí*. Nesse ínterim o general já nos esperava junto da picada e, tendo colhido as mais exatas informações do ajudante de ordens do ditador, ordenou a mim e ao Martins que nos apresentássemos ao Joca, para incontinenti irmos tomar as quatro bocas de fogo do passo Aquidabá, e atacar o acampamento de López. Reuni o batalhão e tive instruções para dar barranca à direita da picada, cruzar fogos com os clavineiros de Martins, arrojando-nos em seguida sobre a artilharia. A questão foi de poucos minutos, pois cada peça deles não pôde dar dois tiros. O Joca então transpôs o passo e caiu a galope sobre o campo inimigo. A infantaria seguia num marche-marche de pôr a alma pela boca.

José Gentil passa a mão nos olhos, sob as lentes, e baixa a cabeça um segundo. É visível a sua comoção. Ele mexe as mãos de maneira irregular. Solta longos suspiros entre as frases de Floriano, de cadete a major, seu melhor aluno de dez anos para cá.

Eu, apesar de estar de chinelos, por causa de um furioso calo, dava de ganso, amaldiçoando meu corneta, que devia vir puxando meu cavalo, mas que nunca se apresentou. Lá íamos assim em seguimento de López. O Câmara é de valor inexcedível. Compreendeu que a questão estava ganha e que só dependia do vigor da iniciativa e, mandando dar o sinal de carga, arrojou-se para a frente, a todo dar de cavalo. Quando cheguei, López já estava estendido. Estou satisfeitíssimo com o procedimento do batalhão. Nunca vi tanto entusiasmo, e ao arrojo de toda nossa gente se deve o nenhum prejuízo de nossa parte. Foi uma verdadeira surpresa. Um voo. Conseguimos tanto porque nunca fazíamos toques e ficávamos emboscados, escapando aos espias, que noite e dia passavam perto de nós. Que espetáculo, meu caro. Não é possível descrever a alegria que causou o cadáver de López, esse malvado que surrava todos os dias sua própria mãe. A presença de Resquine, Madame Lynch, a amante do marechal, com sua ninhada e mais personagens de gloriosa memória, causou grande sensação entre nós. Das coisas de López obtive uma manta para o meu cavalo. Dispensa a redação.

O calor está abrasador e não é em tais circunstâncias que se pode limar o estilo. Adeus, e um abraço de coração, meu sargento Gentil. Seu amigo, Floriano.

Zezé se emociona às lágrimas. Lembra-se da carta que leu, anos atrás, para a turma de 1867, sobre a rendição paraguaia em Uruguaiana. E, justo neste momento de devaneio, os seus cadetes riem dele, e assoviam.

Quanto ao marechal Solano López, foi ferido de morte, pelas costas, por um lanceador do 9.º batalhão. É enterrado sem honras militares, com apenas um dedo em cada membro, sem os genitais nem os dentes, arrancados a coronhadas e cutelo como relíquias da campanha. Pedro II se recusa a receber de presente a espada do marechal. Segundo Ornelas Lima, a campanha foi sofrida e vantajosa para Floriano. Foi o único a participar de movimentações em terra, água e ar. Foi o único de alta patente a não solicitar licença e tornar ao Rio de Janeiro ou Alagoas durante os cinco anos da guerra. Permaneceu em campo. Quando o conflito acabou, Floriano tinha trinta e um anos de idade. Retornou ao Rio e de lá seguiu para Alagoas, onde foi se casar com Josina no engenho Tamandaré. Mas seu primeiro posto na administração do Império seria um retorno ao campo. Pedro II nomeia Floriano presidente da província do Mato Grosso num decreto datado de

9 de agosto de 1884. Foi nesta província o primeiro teatro das ações de Solano López na sua invasão ao Brasil. Floriano é posto ali como porteiro do pós-guerra. Melhor dizendo, foi posto ali como um cão de guarda da porta dos fundos mais vulnerável do país.

4.ª FASE
Revolução

Do fundamental Ornelas Lima, La vérité. Toute la vérité. Rien que la vérité. Nenhuma teoria geral da personalidade dos líderes chegará a dar conta, plenamente, do fato político. O poder é a capacidade de modificar o comportamento alheio. Um ato, um discurso, um acordo, uma aliança abandonada são ao mesmo tempo evidências da coisa pública e traços de uma biografia singular. Ambos são, ou deveriam ser, objetos de repasso detalhado. Nada antecipa a revolução do Floriano fiel soldado monarquista a prócere da República. Nem a personalidade nem suas próprias opiniões autorizam qualquer julgamento a respeito. É um erro pensar que já tenha nascido republicano. Sua aderência ao código prussiano, no Exército de Pedro II, era indiscutível. Sua atuação como presidente do Mato Grosso, de 1884 ao ano seguinte, já brigadeiro, mostra-se monárquica e plenamente liberal, de tendência abolicionista, seguindo a preferência do imperador.

Generoso Ponce, chefe político local, o conheceu aí, e recorda o palácio Alencastro, no baixo casarão em frente ao jardinzinho, onde está Floriano de paletó de alpaca preto reluzente, diz Salm de Miranda, a fumar os charutinhos paraguaios, hábito dos tempos da guerra, e ele e Ponce debatem a causa dos negros. O jornal local *A situação* castiga-o duramente. Mas Floriano não se aborrece. Muitos vão ao palácio sentir suas reações. Ele ri entre as baforadas do charutinho enquanto faz servir à roda o guaraná do hábito cuiabano. Floriano atua também em favor dos índios. Isto o general Miranda, descontando-se a sua extrema simpatia pelo biografado, refere com certa objetividade. Conta que, no primeiro pleito, o partido liberal, o partido de Floriano, encontrava-se prestes a ser derrotado, quando um grupo de índios bororo invade a seção, arrebata violentamente as urnas, num assalto inopinado, diz Miranda, e as leva consigo, sem que se pudesse tomar providências. A imprensa conservadora alega que não eram índios, mas soldados da polícia disfarçados de índios pelo próprio brigadeiro Floriano, o presidente da província é um liberal exaltado. Baseando-se nas memórias de Ponce, Salm de Miranda diz que Floriano não se defende nem confirma a versão, lê os ataques de *A situação*, fuma seu charutinho e sorri.

Mas, segundo Ornelas Lima, Firmou-se a crença de que os bororos eram soldados do destacamento pessoal de Floriano. Os índios passaram a ser vistos com maior animosidade. Os bororo-coroados eram numerosos, dispersos pela província, frequentemente entravam em conflito com os fazendeiros. Floriano enfrenta o problema buscando uma solução mais pragmática que os planos de catequese falhados até então. Faz executar, pelo Exército, o levantamento planimétrico das áreas ocupadas pelos bororos. Suas indicações são precisas, como se soubesse onde ficavam, como se fosse capaz de chegar até lá nos passeios a cavalo, com capote de oleado, no calor, binóculo a tiracolo, sem chapéu. Envia soldados com o fim específico de estimar sua população. Os bororos contavam 10 mil, cifra até então desconhecida. No senso do Império, feito em 1871, a população da província era de apenas 60 mil almas, entre negros, pardos e brancos. Floriano delimita uma região de reserva bororo. Observando seu trabalho, quando agregados à sociedade, e os hábitos de consumo na província, cria o imposto sobre a erva-mate, regulando sua comercialização, e instala coletorias nas estradas de escoamento. Seu modelo de imposto é copiado pelas províncias vizinhas. Quando, em 1885, afinal sobe o gabinete conservador na gestão do Império, Floriano se demite da presidência do Mato Grosso e pede exoneração do Comando das Armas. Deixa indicações específicas para se evitar enchentes e alagamentos pelo transbordamento dos rios caudalosos. Regressa à Corte no vaporzinho *Rio Verde* e é saudado na chegada por uma pequena multidão de correligionários. Alguns escravos e escravas vão ao porto receber de Floriano a carta de alforria. Ele já havia sido agraciado com um diploma do clube abolicionista de Pernambuco, onde dirigiu o Arsenal de Guerra. Acumula altas distinções pelos seus serviços ao imperador. Cavaleiro da Ordem da Rosa pela sangrenta batalha de Tuiuti, Cavaleiro da Imperial Ordem do Cruzeiro pelos combates na Dezembrada e na Cordilheira, Medalha de Uruguaiana pelo comando da flotilha do rio Uruguai e Medalha Geral da Campanha do Paraguai. Como refere o general Miranda, Floriano era vencedor tranquilo, não aquele outro, duro, cruento, ferrabrás, como muitos, durante muito tempo, o quiseram apresentar. Conclui-se que, pelo menos em 1885, ele era monarquista condecorado e simpático à abolição. *Nota bene*, o Partido

Republicano Paulista só iria apoiar o abolicionismo abertamente dois anos depois, quando então se preparava para derrubar o imperador.

Ornelas Lima também argumenta que Floriano talvez tenha regressado dessa distante ponta do país, onde era um pequeno rei guerreiro, por outro motivo que não apenas o estritamente político. A infeliz coincidência nos falecimentos do sargento José Gentil e do coronel José Vieira Peixoto, seu tio, pai por adoção e padrinho político, lançou uma nuvem no meio desta que teria sido uma década luminosa para Floriano. E no retorno ao Rio, depois de presidir o Mato Grosso por mais de um ano, sofre um ataque de gastralgia com engorgitamento hepático e catarro intestinal.

De cabelo preso, apanhado num coque alto, e enxugando as mãos num avental de algodão cru, Josina cuida de Floriano e dos seis filhos que nasceram até o golpe da República. Ana, José, Floriano Filho, Maria Teresa, Zé Floriano e a pequena Maria Amália. Em junho de 1889, próximo ao dia da proclamação, Floriano ocupava o cargo de máxima confiança na administração militar do Império, era o ajudante-general do Exército. Josina traz para ele, a cada quatro horas do dia, quando em casa, o chá de capim-santo e um prato de sopa de cenoura com flor de laranjeira. Ele fuma seus charutinhos paraguaios, lamentando-se da saúde que perdeu na campanha. Um mês depois, em julho, é promovido a marechal de campo, exercendo na prática o posto de comandante-chefe do Exército de Pedro II. Em agosto, afinal recebe a mais alta condecoração do Império, a de Grande Dignatário da Ordem da Rosa. Pedro II e a princesa Isabel confiavam cegamente em Floriano. O país estava a apenas três meses da República.

Mas, àquela altura, Josina já tinha ouvido as queixas das visitas, dos oficiais que vinham se consultar e sondar Floriano a respeito da indiferença do Império para com os *tarimbeiros*, os retornados do Paraguai. Formam-se então duas frentes, os do Clube Militar e os da Praia Vermelha, debatendo em seu jargão de campanha o futuro da pátria, o apoio do Partido Republicano Paulista e as lições do major Benjamin Constant, professor de cálculo na escola da Praia Vermelha. Invenção do Império, a lei mais importante do país era também a mais curta, É declarada extinta, desde a data desta lei, a escravidão no Brasil. Revogam-se as disposições em contrário. Só. Mas isto, um ano atrás. E as divergências se acirraram a partir de então. Naquele ano, Josina leu, releu e ajudou Floriano a redigir uma carta à princesa Isabel, quando decidiram não aceitar o comissionamento de comandante da 2.ª Brigada do Exército, na província do Amazonas. Ela não iria para lá com os seis filhos, com Maria Amália ainda no peito. E, se ele fosse, Floriano voltaria a estar só.

Sereníssima Senhora. O governo, por motivos que só me cumpre respeitar, decidiu não aceder ao meu pedido de dispensa. Adquiri, como quase todos os meus camaradas, nos cinco anos da campanha do Paraguai, enfermidade do fígado e a consequente dispepsia e debalde tenho procurado cura radical. Josina diz a Floriano que é importante um tom sereno, de quem busca uma melhora sem a certeza do sucesso, mas com firmeza de propósito. Meu estado mórbido é conhecido de diversos amigos residentes na Corte, desde antes da minha nomeação para o comando da brigada. À Vossa Alteza cumpre-me prestar essa explicação, que, me parece, justifica minha conduta. Jamais tentei esquivar-me do cumprimento do dever. Mas sinto que presentemente não posso dispor da atividade que o cargo impõe e por isso, diz Josina, Floriano escreve, procuro melhorar a saúde, sendo que em qualquer emergência saberei qual o meu posto de honra. Resta-me pedir dispensa do incômodo, que venho dar, e assegurar os meus protestos de distinta e sincera consideração à Vossa Alteza. Pronto. Servo obediente e grato, 26 de julho de 1888. Marechal Floriano.

Sendo que em qualquer emergência saberei qual o meu posto de honra é afirmação enigmática. Estariam ele e Josina jurando lealdade em face da intensificação na propaganda republicana contra o Império? Pedro II estava só. Era sábio e já estava só. Viajava o mundo, fazendo da princesa uma regente titubeante e servil a um espírito carola. Esse espírito foi útil na redação da lei sumária que extinguiu a escravidão. Na sua segunda visita à Europa, Pedro II abriu o teatro-ópera de Bayreuth, levantado por Wagner com ajuda financeira sua. Em Paris, foi eleito membro da Academia de Ciências, honraria concedida anteriormente a apenas dois governantes, Napoleão e Pedro, o Grande. Também visitou Victor Hugo na rue de Clichy, já que este se recusava a visitar qualquer monarca, e, depois de larga conversa, ouviu dele, Sire, vous êtes un grand citoyen, vous êtes le petit-fils de Marc-Aurèle. Grande cidadão, o senhor é o neto do imperador Marco Aurélio. A frase rodou o mundo em várias versões. Nenhuma delas aponta o fato de que a admiração súbita do escritor francês vem travestida em fina ironia. Marco Aurélio era conhecido entre os classicistas como o sábio à borda do precipício.

No *Annual Report on the Board of Regents of the Smithsonian Institution,* Anfriso Fialho, doutor em ciências políticas e administrativas pela Universidade de Bruxelas, traça um perfil biográfico de Pedro II que prefigura seu encontro com Victor Hugo. Na conclusão, diz que é costume entre os biógrafos comparar as pessoas que descrevem com outras na mesma posição. Mas nenhum outro, àquela altura, se comparava a Pedro II. Voltando-se à Antiguidade, no entanto, poderia ser posto ao lado dos melhores imperadores romanos. Tal como Vespasiano, estabeleceu a ordem num império desorganizado por facções e maquinações de homens ambiciosos, e impulsionou as artes e a ciência. Nisso, também lembra Augusto, mas ao contrário deste, não teve quem o apoiasse como Mecenas e Agripina. Seu coração nobre dá-lhe o direito de dizer, como Tito disse, Um dia gasto sem a oportunidade para uma boa ação é um dia perdido. Ele não é guerreiro, como Trajano, mas quando a pátria foi invadida encontrou-se pessoalmente com o inimigo, forçando-o a capitular. E se o imperador romano recusou que lhe erguessem uma coluna em homenagem às suas vitórias, o imperador brasileiro declinou a oferta da espada do marechal invasor e a estátua equestre que seu povo desejava levantar em honra da sua vitória na guerra do Paraguai. Por toda sua benevolência para com os outros e o juízo severo a respeito de si mesmo, Pedro II merece ser posto ao lado de Marco Aurélio, o imperador filósofo. O artigo de Fialho foi traduzido para o inglês, para a revista do instituto, por M. A. Henry. O Império estava à beira do precipício, mas como diz Marco Aurélio, nas suas *Meditações*, antes a reprovação por um gênio, como Victor Hugo, do que o louvor por um idiota. Os idiotas agitavam baionetas gritando slogans republicanos. Mas esta não era a opinião de Floriano. A rigor, nenhuma das duas posições era a dele.

Coitado de seu Jonatas, o professor disse, teve de ficar esperando a passeata correr a avenida inteira até fazer nosso resgate. Que retorno, que volta, que odisseia, ele falou, e abriu os braços. Já estávamos em casa, de novo, na Almirante Alexandrino. Dr. Ramil tinha pedido que seu Jonatas, por favor, ficasse ali por perto. Na hora da passeata, ele tinha estacionado mais longe, num ponto bloqueado por cavaletes e pela massa de gente que fluía murmurando. Na caminhada, passamos o prédio da caveira em direção à praça Floriano, e lá estavam os balões, o papagaio, as cervejas. Tudo no escuro. As pessoas trajavam preto. Os jovens tinham bonés, lenços no rosto, máscaras e capuzes. Vi dois manifestantes serem presos no chão.

Ramil Jr. olhava tudo isso chocado, esperando se encontrar com Taís por ali, em algum canto, ela já tinha saído de casa. Mas como achar uma pessoa marchando até a Cinelândia, no meio de uma multidão que passava dos 80 mil?

Então, perto de nós quatro começou a baderna de um grupo que jogava pedras e batia com um pau na vitrine de uma concessionária de importados. O luminoso já tinha se espatifado no chão. Um paralelepípedo deixou um desenho estrelado no vidro da porta que abria para o vão apagado, com os carros encostados ao fundo do salão, o mais longe possível do hall de entrada. De repente ouvimos um longo silvo, *sssht*, por cima das cabeças, e uma latinha bateu na marquise e espocou na calçada, cuspindo uma fumaça branca. O professor pôs a mão no rosto e gritou, de olhos arregalados, Lacrimogêneo!

A princípio, não acreditei, ele falou depois, agora, na sala diante do telão da tevê, sentado, tomando outra tacinha de vinho do Porto, Não acreditei que tivessem lançado aquilo numa multidão da qual só três ou quatro faziam o quebra-quebra. Mas a polícia é o aparelho repressor do Estado, sem concessões. Não discrimina, incrimina, ele disse, e se calou, levantando a taça para comentar a cor do vinho. No corre-corre, demos as costas à concessionária e partimos para a esquina oposta. Naquele ponto a multidão se apertou, recuando, junta, como uma onda. As pessoas corriam trombando umas nas outras. E aconteceu que dr. Ramil tropeçou no calcanhar do rapaz que corria na sua frente, pisou em falso e desabou no chão. Eu e Ramil Jr. paramos prontamente.

Dr. Ramil fazia uma careta, apertando o tornozelo direito com as mãos. A multidão vazou, e seis policiais com escudos passaram tranquilamente por nós três, sentados no asfalto. O professor já estava na calçada oposta, observando de longe. Ramil Jr. começou a ligar para seu Jonatas, pedindo que ele tentasse chegar até ali. A confusão era grande. Quando o professor chegou, Ramil Jr. disse, Papai quebrou a perna. Mas ele viu a boca da calça arregaçada e falou, É uma luxação. É gelo e cama, com a perna pra cima. Já me aconteceu. E cadê o taxista? Demorou quase uma hora, mas seu Jonatas afinal conseguiu nos apanhar.

Voltamos em silêncio, com dr. Ramil grunhindo de vez em quando. A Almirante Alexandrino estava na calma da noite alta. Entramos, e o dr. Ramil se estirou no sofá, com o pé no alto de uma pilha de quatro almofadas. A senhora me traz uma bolsa de gelo? Fui para a cozinha e de lá ouvi a tevê no plantão do canal de notícias, comentando a morte do cinegrafista que caiu atingido na cabeça por um rojão ou uma bala de borracha dias atrás. A imprensa não parava de mostrar imagens em câmera lenta. O jornalista pondo a filmadora de lado, se ajoelhando, depois deitando-se no chão, na frente do monumento ao marechal. E o professor brincou, quando voltei à sala, A senhora viu? A mídia derrotada no campo de homenagem ao seu bisavô. Imagina como está agora, pior do que a batalha de Tuiuti, a mais sanguinolenta da América Latina. O Brasil se fez assim, pacificamente assassinando os seus, aqui perto e lá longe. Escapamos de uma boa, ele falou. Aliás, tem essa história que eu ia falando antes, ele disse.

E recomeçou, Floriano estava à porta de casa, observando a recém-nascida República, quando vieram chamar por ele. Sabiam? As primeiras reuniões do regime aconteceram no Instituto de Meninos Cegos de Benjamin Constant, que depois da proclamação publicou uma carta dizendo que não iria concorrer à presidência. Tinha sido conclamado entre os do Governo Provisório. Sobrou pra o marechal Deodoro. Mas Floriano, vice-chefe do governo, quando vieram as eleições no Congresso, foi apoiar um civil, Prudente de Morais, de São Paulo, e não o seu próprio amigo e chefe militar. Era o nascimento da democracia e da *mística* do poder civil. Isso não lembra o dia de hoje? Por isso, falo. A filosofia política é um antídoto. Minha sensação é a de que tem vices que realmente fazem a diferença. É o caso do caladão Floriano, seu parente. Ramil Jr. levantou o rosto do celular, olhou para mim.

Pois o primeiro presidente da República não foi eleito em pleito regulamentar, o professor disse. Depois da proclamação, Deodoro assumiu por um acordo entre os criadores do regime. Mas ao contrário dele, está ouvindo dr. Ramil, o primeiro vice foi eleito por um gesto de confiança da Assembleia, numa votação de dar inveja ao próprio presidente. Dr. Ramil escutava com a expressão distante, passando os olhos do telão para o professor, que continuou, Tudo indica que Deodoro levou o resultado pra o lado, digamos, pessoal. Ressentiu-se. Era homem de ressentimento fácil. O resultado da primeira eleição é curiosíssimo. Quando a Assembleia se reuniu pra escolher presidente e vice-presidente da República, os oficiais que constavam do legislativo compareceram à sessão fardados e armados. Os primeiros minutos de qualquer democracia são inacreditáveis. Ouçam. Eram duas chapas. O marechal Deodoro e o almirante Wandenkolk contra Prudente de Morais e o então general Floriano. Computados os votos, o quê? Surpresa. Chapa um, 129 e 57, chapa dois, 97 e 153. Deodoro, com 129, foi eleito presidente com

Floriano, o vice da chapa *oposta*, e este com o saldo de 153 votos superior ao do próprio presidente. Impressionante, concordam? O segundo lugar chegou primeiro. Chegou na frente, o vice. O país é inacreditável.
	Ramil Jr. repetiu, É, muito inacreditável *mesmo*.
	Isso aí, o professor disse. Com maior apoio político do que seu próprio líder, Floriano foi eleito primeiro vice-presidente da República. Deodoro, rude no trato com os três poderes, pegou críticas pesadas, pagou caro pela interferência na política estadual, enfrentou um legislativo discordante, duríssimo. Oito meses depois, Deodoro dissolveu o Congresso, restringiu a liberdade de imprensa e convocou novas eleições. O imperador nunca tinha feito isso. A República inventou a censura. Imaginem. Mas Floriano permaneceu vice fiel, embora contra o *golpe*. Em carta, disse, Não sou mais amigo do sr. marechal Deodoro desde o dia em que ele duvidou da minha lealdade, ele disse assim, Mas sou seu camarada, sou militar e, antes de tudo, sou brasileiro. V. Exa. pode assegurar ao sr. Generalíssimo que me terá sempre a seu lado em toda e qualquer emergência. Pois, vinte dias depois de dissolvido o Congresso, Deodoro, enfrentando o levantamento da Marinha, chama o *funcionário* a quem incumbe me substituir, diz ele, e entrega o poder a Floriano, que vira o segundo presidente do país, conhecido como o Consolidador. O bisavô da senhora.
	Ramil Jr. acordou de novo, do telefone, da vaga imagem de uma Taís seminua, e balançou as mãos, dizendo que o professor não mencionasse isso. Carreira-modelo, o professor disse. Mas não falo mais nada, paro por aqui. Ninguém compete com Floriano. É o

super plus ultra do cargo. Quem quer que seja vice, aspira ser Floriano, e o professor fez uma pausa.

Dilma não ia aparecer no meio desse tumulto. Não apareceu nem se pronunciou. E o professor continuou, Mas pra nós, o povo, os trabalhadores, eis a questão. Temer ou não temer o vice? Deodoro temia. E com razão. Às vezes penso que Floriano era de outro mundo, mandão, solitário. Aliás, lembro, e a senhora já sabe. Ele era alagoano. Mas talvez não saiba que se casou com a própria irmã. E deu origem a vários revoltosos, revolucionários nanicos, insatisfeitos com o Marechal de Ferro. Galvanizando a atenção dos seus inimigos, calado ele refez esse país. Não há como competir com isso, certo? Era outra época. Já passou.

Dr. Ramil ouvia com a perna estirada para cima, e disse, A senhora me faz um favor e me traz um prato da sopa de peixe? Fiquei com fome depois dessa correria toda.

Josina continua ansiosa com o ar de revolta em torno à presidência de Floriano. E, agora, as pessoas discutem abertamente a prisão de Silvino, nas ruas e nas casas, nos clubes, na frente das crianças, como se a captura nos aproximasse de uma nova ordem, mais justa e até mais nobre, em sintonia com os eventos na Corte. Apenas agora não se diz mais *corte*, o palco das variações que fizeram Silvino armar um navio mercante e disparar contra Niterói e o Rio de Janeiro, empurrando a Capital Federal, com o novo corpo administrativo, para cima de Petrópolis, no alto da serra. Isso Silvino de Macedo, reles marinheiro, fez, ou ajudou a fazer. E o nome das suas primas, irmãs e da mãe adernam para lá e para cá, copiados em embarcações miúdas que ele equipa ou meneia. *Maria Estelita, Adelina, Nicote* e *Dona Cêça* vão coloridas de azul, vermelho e amarelo, com listras paralelas, e os nomes traçados em boa letra, a bombordo e boreste. Essas barcas foram pintadas pelo jovem Silvino, fardado em uniforme da Escola de Aprendizes de Pernambuco.

Silvino Honório de Macedo, ou Silvino de Macedo e Brito, ou Silvino de Macedo Lisboa, conforme consta em seus poucos lançamentos no livro de registros da Escola, é filho natural do comerciante José de Macedo. Ali está sua primeira súmula. Filiação, Maria da Conceição. Origem, Pernambuco. Idade estimada, catorze anos. Cor, branca. Olhos, castanhos. Estatura, a crescer. Cabelos, pretos. É guarda-marinha alistado em setembro de 1882 e desligado um ano e meio depois, quando então, recém-egresso, passa a catraieiro no cais da Lingueta. Também se assume caixeiro-viajante a serviço do pai, com taverna à rua do Imperador, próxima ao porto do Recife. Esses são os fatos apurados por um advogado, o dr. Vicente Ferrer, em causa póstuma. Mas, nos documentos menos oficiais, os fatos discordam nos detalhes. Silvino nasce no Beco Fundo, esquina do Beco do Jiló, em Goiana, cidade canavieira. É mestiço. O pai não assina o registro de nascimento. Alfredo de Carvalho, nome abonado da história regional, é quem melhor o descreve. Era baixo, franzino, moreno, rosto quase imberbe, marcado de cicatrizes de varíola, os olhos pequenos, muito negros, brilhantes, em que se espelhava a energia de sua alma. Extremamente asseado, afeiçoava o uniforme de brim pardo, banda vermelha à cinta, as quatro fitas da mesma cor exageradamente distendidas sobre a manga esquerda da blusa, a barretina bem aprumada, cabeça estreita, quase desnuda de cabelo cortado muito rente. Tinha a alcunha de *Engenheiro*.

Os olhos, que no lançamento da Escola eram castanhos, agora são negros, reluzentes. A estatura, a crescer, estaciona num jovem franzino, trajando com esmero o uniforme pardo. Fica claro que a independência da vida militar encanta Silvino e distancia-o do pai, pois este, quando faz nova família por matrimônio regular, impede, ou permite que impeçam, a presença do filho de Maria da Conceição na casa nova, com outra esposa, junto a outros meninos, agora sim, legítimos. Mas, de Pernambuco, em 1884, até o começo da década seguinte, Silvino some no horizonte dos papéis. Reaparece na Ordem do Dia número 288, em janeiro de 1892, para obter matrícula na escola da Praia Vermelha, quando Floriano já havia tomado posse.

Descrevendo o ano, Sérgio Corrêa da Costa, outro observador distante, dá a Silvino porte renovado. Alto, forte, cerca de vinte e cinco anos, bigodes aparados, testa estreita, ligeiros sinais de varíola, ele dita, e o soldado cresce, melhora de corpo, já figura 2.º sargento. Continua, mesmo assim, Com seus olhos pequenos e vivos. De quem possui rara energia e firmeza. Silvino de Macedo, marujo, moreno branco, franzino alto e forte, bastardinho orgulho de farda e família, rosto imberbe com bigodes e olhos castanhos, de forte clarão negro, é absolutamente indescritível. E 1892 vai colocá-lo no mapa, herói verde e minúsculo, equivocado, enervando Josina em ano longo e confuso, com Silvino amotinado, praticamente só, no caminho do presidente Floriano.

A vida interior de Floriano permanece calada, aparentemente invisível. Nas estampas da época ele figura como um rochedo, uma montanha irremissível, um carvalho impávido, frondoso, rostinho e galões a meio tronco. Um cronista de ação, legítimo engenheiro, cadete excluído da Praia Vermelha, Euclides da Cunha, aponta, O marechal é uma esfinge. Floriano já tinha a fama de um silêncio desconcertante. No dia 19 de janeiro de 1892, segue de casa ao Centro, em carro de ferro, nos minutos de costume. Faz o trecho calado, e até aí nada de novo. Mas, quando olha pela janela do vagãozinho, vê o corpo da guarda duplicado para recebê-lo. Há *oito* dragões da República, não apenas quatro. E os soldados são muitos, de várias patentes. Formam à beira da parada do ferrocarril um destacamento compacto, notado pelos passantes que param, engrossando uma turba silenciosa. Floriano se aborrece. Mesmo assim não comenta, nem sequer pergunta o que houve. Aguarda apenas ser informado.

Pela boca de um intendente da infantaria soa o comunicado. Ele interrompe a leitura, põe a vida do imperador Bonaparte no assento do vagão, e ouve, A fortaleza de Santa Cruz está rebelada, e entre os cabecilhas há um tal Silvino de Macedo, que deu ao presidente, a ele, marechal Floriano, por escrito, um *ultimatum*. Trinta anos atrás ele próprio havia assentado praça, como soldado-voluntário, no 1.° Batalhão de

Artilharia a Pé, que guarnecia a Santa Cruz. Ali Floriano jurou bandeira.

Joseph Roth descreve, Napoleão abriu a porta com um empurrão e se postou na soleira, passeando os olhos pelos que se haviam reunido lá fora. Estavam todos presentes, podia reconhecer cada um deles, ele próprio os criara. Régis de Cambacérès, os duques de Bassano, de Rovigno, de Gaeta, Thibaudeau, Decrès, Daru e Davout. Então voltou-se para dentro, aí estavam seus amigos Caulaincourt, Exelmans e o ingênuo Fleury de Chaboulon. Sem dúvida, tinha amigos. De vez em quando um deles o traía. Por acaso era um *deus*, para lhes punir ou desprezar? Não, era só outro homem. Mas todos o tomam por um deus. E desse deus exigem fúria e desforra, e como de um deus esperam seu perdão. Não tinha tempo para isso, ficar furioso, punir. Mais que os gritos da multidão lá fora e o clamor dos dragões no jardim, ele ouvia o tique-taque do relógio de parede. Não havia tempo para castigar. Só teria tempo de perdoar e ser adorado. Era a hora de favores, títulos, os indultos que um imperador pode outorgar. A generosidade custa menos do que a ira, e dessa forma Napoleão se julgava imensamente generoso.

Na manhã do ultimato, Silvino tem a idade aproximada de vinte e três anos, mas só nove dias de matrícula na escola da Praia Vermelha. É cadete na figura de um calouro absoluto, é *nortista* residente na Capital Federal há umas poucas semanas, embora isto apenas se possa estimar. Já Floriano, cinquenta e três, faz exatos dois meses na presidência, assumida após a renúncia do marechal Deodoro. Este sim, idoso inquieto, franco de conceitos e temente da opinião dos outros, foi o primeiro vulto da República. De repente, chega a mensagem de Silvino. Floriano põe de novo a biografia de lado e lê a carta, O Exército é a democracia armada... Eis aí um brado pouco original. A Constituição é a vontade do povo... Essa mesma Constituição prevê eleições no caso de vacância na presidência antes de completados dois anos de mandato. Mas o ex-vice Floriano, atual incumbente, leva tempo e recompõe ministérios, exonera generais e presidentes de província. Nessas circunstâncias, Silvino intima a renúncia do marechal *golpista* até às catorze horas do mesmo dia, ou então a fortaleza de Santa Cruz fará fogo à cidade do Rio de Janeiro.

É o que conta Ornelas Lima, citando integralmente Salm de Miranda, O sargento Silvino Honório de Macedo, que se encontrava na fortaleza de Santa Cruz, aguardando recolhimento ao seu batalhão por haver sido absolvido por crime de desordens no quartel, chefiou a rebelião. Aproveitando a oportunidade em que a tropa se achava no refeitório tomando café da manhã e alguns presos faziam a faxina diária, o sargento Silvino soltou e armou todos os presos, trancou as portas do refeitório, onde estavam os praças, prendeu o oficial de dia, os oficiais e o próprio comandante da fortaleza. E, sem perda de tempo, enviou, por oficial que eventualmente chegou à fortaleza, um ofício ao ajudante-general do Exército, dirigido a Floriano, no qual o intimava a resignar o cargo de presidente da República no prazo improrrogável de duas horas, sob pena de bombardeio da cidade.

Floriano também enfrenta insatisfações no terreno fiscal. Já no início do seu mandato, sustou contratos do governo e procedeu uma moralização das finanças. O general Miranda refere-se a ele, à época, como um homem de pequena estatura e pele acobreada, tranquilo e impassível, cobrindo a paisagem! A exclamação está no original, que louva o caboclo como o mais aliciante dos condutores silenciosos das massas. Havia grandeza na sua atitude, que alguém classificou de tímida. Sorria levemente quando crescia em volta a tempestade e lhe traziam o receio do perigo.

No rádio, em casa, na minha casa, no apartamentinho do edifício Acrópoles, tinha ouvido, no feriado, Dilma falar sobre a Independência, Queridas brasileiras e queridos brasileiros. Hoje, nosso Grito do Ipiranga é o grito para acelerar o ciclo de mudanças que, nos últimos anos, tem feito o Brasil avançar. O povo quer, o Brasil pode e o meu governo está preparado para avançar nesta marcha. Apesar da delicada conjuntura internacional, nossa economia continua firme e superando desafios. No segundo trimestre fomos uma das economias que mais cresceu no mundo. Superamos os maiores países ricos, entre eles os Estados Unidos e a Alemanha, ela disse. Falharam mais uma vez os que apostavam em aumento do desemprego, inflação alta e crescimento negativo. Nosso tripé de sustentação continua sendo a garantia do emprego. A inflação está em queda. Sei tanto quanto vocês que ainda há muito a ser feito. Sou realista. O governo deve ter humildade para admitir que existe um Brasil com problemas urgentes a vencer, e a população tem todo o direito de se indignar com o que está errado e cobrar mudanças. Mas há um Brasil de grandes resultados, que não podemos deixar de enxergar e reconhecer. Não podemos aceitar que uma capa de pessimismo cubra tudo e ofusque o mais importante, ela disse. Esse é um momento que exige coragem e decisão em todos os sentidos. Esse é um momento de fazer o governo chegar cada vez mais perto do povo, e de o povo participar cada vez mais das decisões de governo. Devemos transformar a riqueza finita do petróleo em uma conquista perene da nossa sociedade. A educação, Dilma falou, é a grande estrada da transformação, a rota mais ampla e segura para o Brasil seguir avançando e assegurando oportunidades para todos, o verdadeiro caminho da independência. Então, viva o Sete de Setembro. Viva o Brasil. E viva o povo brasileiro. Boa noite.

São dez horas da manhã. Hoje Floriano não pôde dispensar a carruagem oficial, como de costume, então salta do trem e aceita o transporte. Uma vez ali, senta-se e faz um aceno vago, não mais que um segundo. A mão no ar, por cima da cabeça, e gira o punho sacudindo os dedos. A carruagem está cercada de oficiais e soldados, de ambulantes curiosos e oito dragões em escolta montada. Ele pensa em Josina, grávida de novo, bela. Para o intendente, o gesto de Floriano queria dizer Prossiga em seu relato do ocorrido na Santa Cruz. Já para o coronel incumbido da segurança no translado do presidente, o sinal é claro, Dispersar. A turba precisa sumir e os militares, retornem a seus postos. No entanto, aos olhos do lacaio da carruagem o aceno é obviamente um Eia! e avante com esse carro, fato que ele logo transmite ao cocheiro, esticando e encolhendo os braços, punhos cerrados, na direção à frente da comitiva. O cocheiro entende e chicoteia a parelha de cavalos. Após o solavanco da partida, a portinhola se fecha e Floriano segue, incomodado, fazendo silêncio, rumo ao Itamaraty. Josina em casa se prepara para mudar a família para o palácio, e segue preocupada com a saúde do marido.

Em Pernambuco, desde pequeno Silvino costuma ir à feira com sua mãe, Maria da Conceição. Naquele dia, tão longe, carrega o cesto largo com batata-doce, jerimum, chuchu, coentro e salsinha. Cebola, um corte de charque, duas conchas de feijão mulato e um dedal de cominho. A mãe lhe promete uma panela rica nos seus catorze anos. Os dois andam a feira de Goiana seguindo tabuleiros e esteiras de ambos os lados da rua, até a igreja matriz de Nossa Senhora do Rosário dos Homens Brancos. Goiana, levantada em 1570, é talvez a cidade mais antiga do país. Agora, de mãos algemadas, sentado, o rosto latejando, Silvino se lembra desse dia. Revê o freguês de manteiga perguntar por seu pai, se ele não voltava mais naquele cavalão branco, o seu Zé de Macedo, pois o pequeno quitandeiro fusco, do rosto estourado, queria saber mais um pouco como era o comércio na capital. E de cócoras, em pantalões nanquim e mangas de camisa preta, no chão do quartel da rua da Aurora, já preso de volta ao Recife, Silvino invoca, amordaçado e de olhos fechados, as sensações da panela rica de dez anos atrás, quando entrou para a Escola de Aprendizes. Os cheiros na cozinha de chão batido, dona Cêça descascando legumes, ele tirando o sal da carne numa gamela com água e um copo de leite, enquanto Maria Estelita, menorzinha, ainda viva, se mexia no banco de pelar porco, cantarolando uma das suas emboladas favoritas.

Diz Ornelas Lima, Para atacar a Santa Cruz por terra foram enviados o 7.º e o 10.º batalhões de Infantaria, com a missão de escalar a íngreme encosta do forte do Pico, sob o comando do coronel Moreira Cesar, futuro herói morto na terceira expedição contra o arraial de Canudos. Na madrugada do dia 20, a fortaleza começou a atirar sobre as barcas entre o Rio e Niterói, e sobre lanchas em trânsito, mas não sobre os navios da esquadra que supunha revoltados. Às sete horas hastearam bandeiras com o sinal CBW, que no código internacional de sinalização significa, Há alguma alteração na posição da esquadra? Então o *Riachuelo*, o *Aquidabã*, o *Solimões*, o *Bahia*, o *Parnaíba* e o *Orion* começaram o bombardeio da fortaleza. O assalto final das tropas florianistas foi feito por uma só companhia, batendo a resistência rebelde, que abandonou a posição, recolhendo-se à Santa Cruz. Morreu em combate um cadete das forças legais e dezenove revoltosos. Houve três oficiais legalistas e muitos praças, além de vinte revoltosos, todos feridos, entre os quais o sargento Silvino. O coronel Moreira Cesar decidiu a vitória.

No meio da multidão monarquista alguém segurava uma figura absurda acima das cabeças, um boneco feito de trapos costurados ridiculamente com molambo de várias cores. O boneco era o imperador Napoleão, o imperador com seu uniforme tão conhecido entre aqueles que o haviam adorado, de casaca longa, cinza, e o pequeno chapéu preto na cabeça. Pendurado por um barbante no peito do boneco havia uma placa de papel-cartão branco, na qual estavam escritos, em letras pretas, bem legíveis, os primeiros versos da Marselhesa, *Allons enfants de la Patrie!* A cabecinha do imperador, feita de farrapos, era presa por uma vareta e sacudia de um lado para outro, ou balançava para a frente e para trás. Era o imperador já decapitado, com a cabeça pensa por um fio. Essa efígie de Napoleão flutuava numa imensa onda de bandeiras monárquicas, em meio aos estandartes brancos da dinastia Bourbon. O boneco por si só era enorme zombaria, mas a presença de tantas bandeiras vinha multiplicar o escárnio milhares de vezes.

Floriano não pode ler quando chega ao Itamaraty. Precisa se encontrar com o embaixador espanhol, que se despede do Brasil após servir nos últimos anos da Monarquia. Nenhum dos dois menciona a insurreição da Santa Cruz, onde ambos, o presidente e o marujo Silvino, juraram bandeira. O prazo que este deu a Floriano se esgota no instante em que presidente e embaixador comentam o tempo no Rio, cidade abençoada com seus montes, paredões de pedra, praias. O embaixador não ia se esquecer, jamais. Elogia o palácio do Itamaraty. Floriano responde que eles vão se mudar para o Catete. Eles, quem, *ele?* O embaixador diz que seus países serão sempre amigos, independente do que aconteça. Mas quando fala Do que aconteça, o espanhol ingressa numa bolha de silêncio. O presidente não lhe responde. Ele ruboriza, arrepende-se da expressão, ouve o tique-taque do relógio. Floriano diz que pretende se mudar em dois meses, para o palácio do Catete, com a esposa Josina e os sete filhos, até o final do ano. O embaixador acha a ideia excelente, de fato excelente, e se despede. Agradece a cordialidade no trato dispensado a seus patrícios. Faz uma saudação formal, sem jeito, inclinando a cabeça de olhos fechados, andando de costas, com a mão no peito e o queixo baixo, depois sai. Em seu lugar, entram um ministro e um almirante. Floriano lhes instrui que o motim da fortaleza de Santa Cruz seja debelado ainda hoje, por terra e, se preciso for, também por mar.

Por sua vez, quando Silvino ouve o nome Custódio de Melo, almirante rebelado, seu peito esfria, lateja de admiração. Veja o caso do negro chamado Escravo, esquartejado pela própria senhoria, após a abolição. E agora um vice que não larga a presidência. Que República era essa, tão injusta e para tanta gente? O almirante Custódio promete uma correção a esse estado de coisas. Vários oficiais da Marinha estão insatisfeitos.

Porém, hoje se sabe que Silvino confunde os sinais. Os tiros que interpreta no dia 19 de janeiro como um Já! eram as salvas festivas em honra de São Sebastião, padroeiro da cidade. Na véspera do santo, foguetes espocam às seis da manhã, ao meio-dia e nas ave-marias. Silvino procede à ordem combinada sem saber que esta era a hora equivocada. Na manhã seguinte, no dia 20, dia de São Sebastião, santo protetor das cidades, o Exército toma de volta a Santa Cruz. A resistência é mínima. Nenhuma das outras fortalezas nem os navios respondem em sua defesa. Quando a tropa rebelde é reunida em praça de guerra, Silvino entre eles, um anspeçada postado na janela das casernas lhe dá um tiro de clavina no queixo. A ponta do cartucho lhe atravessa a mandíbula, a sua língua vira uma bola em carne viva. Silvino não consegue mais falar. É encontrado em cima de uma tarimba, sangrando com a mão no rosto. Questionado, admite a influência de oficiais de alta patente, menciona o nome de dois almirantes. Responde usando um pedaço de giz e uma tabuinha de lousa. E, quando indagado por que se insurge contra a República, escreve que se levanta a favor da República, não contra, pois a República não era a vontade de um único homem, menos ainda de um feitor mudo.

Napoleão sobe na sua montada branca e percorre sozinho o campo no inverno. Recusa a guarda dos dragões. A verdade de qualquer relato mora nos detalhes. Que ano é este, 1815, 1893, 2013? O imperador dá com as esporas no cavalo e cruza a estrada coberta de neve. Já sabe que perdeu a batalha de Waterloo. *Jornal do Commercio* do Rio de Janeiro, em ano posterior à execução de Silvino de Macedo, As arandelas do gás, tombadas, atravessam-se nas ruas, os combustores da iluminação, partidos com os postes vergados, estavam imprestáveis, os vidros fragmentados brilhavam na calçada, paralelepípedos revolvidos, que serviam de projetis para essas depredações, coalhavam a via pública, em todos os pontos destroços de bondes quebrados e incendiados, portas arrancadas, colchões, latas, montes de pedras, mostravam os vestígios das barricadas feitas pela multidão revoltada.

De madrugada Ramil Jr. parecia perdido, não falava, não sorria, ia da sala para a cozinha cabisbaixo, sem o vigor de ontem, nem o dos seus camaradas de idade, que, antes, na passeata, agitavam faixas e bandeiras, filmavam uns aos outros, gritavam palavras de ordem, Mais educação. Mais médicos. Mais transporte. Vi esse menino crescer. Vi esse menino perder a mãe e ficar catatônico, hesitando nas tarefas da escola. Faz dez anos. Seu pai era indiferente. Passava de promotor a aposentado, celebrando nosso ganho de causa. Agora, aos vinte e quatro, Ramil Jr. tem um tutor esquerdista e um país à deriva. Não vai ter Copa, a multidão gritava. Ramil Jr., nem aí. Queria ver Taís. Foi arranjar uma namorada bem mais velha e sem profissão. Taís é espaçosa, fala demais, cheira a perfume das Lojas Americanas, vai ficando. Só não fala mais do que o professor, porque este é imbatibilíssimo, como o marechal. Bate em todo mundo, com suas opiniões, e ninguém bate nele.

O professor não tem ideia de quem são Ramil & Ramil. É agregado novato. Falava, ainda, da presidenta. Concordava comigo, defendendo seu mandato. Só não sabia que eu defendia isso, porque na sala continuava calada. Dilma tinha se pronunciado na semana passada. Falou severa, triste, trajando bege com verde, Minhas amigas e meus amigos. Todos nós, brasileiras e brasileiros, estamos acompanhando com muita atenção as manifestações que ocorrem no país. Elas mostram a força de nossa democracia e o desejo da juventude de fazer o Brasil avançar. Mas, se deixarmos que a violência nos faça perder o rumo, estaremos desperdiçando uma grande oportunidade histórica, ela disse. Como presidenta, tenho a obrigação tanto de ouvir a voz das ruas, como dialogar com todos os segmentos. O Brasil lutou muito para se tornar um país democrático. Os manifestantes têm o direito e a liberdade de questionar e criticar tudo. E ela disse, O governo e a sociedade não podem aceitar que uma minoria violenta e autoritária destrua o patrimônio público e privado, ataque templos, incendeie carros, apedreje ônibus e tente levar o caos às nossas principais cidades. Não podemos conviver com essa violência que envergonha o Brasil. Todas as instituições e os órgãos da Segurança Pública têm o dever de coibir, dentro dos limites da lei, toda forma de violência e vandalismo. Com equilíbrio e serenidade, porém firme, vamos continuar garantindo o direito e a liberdade de todos. Boa noite.

Floriano se apieda de Silvino. Ordem do Dia número 374, por portaria de 3 do corrente mês foi mandado excluir do serviço ativo do Exército o 2.º sargento Silvino Honório de Macedo, sem corpo designado, encostado à fortaleza de Santa Cruz e que se acha atualmente em tratamento no hospital da Marinha desta capital.
 Após a baixa, ele se emprega no Diário Oficial e recebe do presidente cem mil-réis para retornar a Pernambuco. Mas não retorna, permanece na Capital Fe-

deral, ouvindo rumores de que ainda esse ano a Marinha há de se levantar em outra revolta.

De fato, em setembro de 1893 o almirante Custódio de Melo movimenta navios rebeldes na baía de Guanabara, posicionando parte da esquadra contra Floriano. Promete, Restaurar o império da Constituição, que Floriano jurou enquanto vice e, assim mesmo, presidente, viola repetidas vezes. No primeiro dia da revolta da Armada, Custódio lança seu manifesto, Documento pessoal sem sopro e sem princípios, avalia Joaquim Nabuco, monarquista, abolicionista, memorialista. Subimos ao morro do Castelo para ver os navios, e já na semana seguinte a cidade é fechada. A região portuária e tudo ao redor do arsenal, dos quartéis e fortificações, se esvazia de gente sem uniforme.

Diz conselheiro Nabuco, Primeiro bombardeio entre a Armada e as fortalezas. Impressão de fiasco? Saída do *República*. As esquadras estrangeiras retiram-se para dentro da baía, afora dos portos. Assisto do morro do Novo Mundo ao bombardeio da fortaleza pelos *Javari*, *Aquidabá*, *República* e *Marajó*. Há três governos hoje, o do Itamaraty, o do revoltado *Aquidabá* e o neutro, talvez monarquista, no quartel da ilha das Cobras. O olhar brasileiro está mudando, com o receio da espionagem. A única conversa lícita é, Que tempo! Quem dissesse *que tempos!* seria preso.

Dias depois sobe o morro da Nova Cintra, a ver o *Aquidabá* fazendo a passagem do canal da ilha das Cobras, onde reina Saldanha, o almirante cujas simpatias monárquicas eram conhecidas. Na descida, Nabuco ouve o canhoneio e vê cair na rua da Princesa do Catete uma peça que levanta uma nuvem de pó vizinha à casa onde seu pai morou por vinte anos. Desço à noite e vou ver a casa. Muito povo, comenta, todos querem ver o estrago que a Armada rebelde faz à cidade. Enquanto isso, Com um olhar perdido, caído sobre todos, diz Euclides da Cunha, sem se fixar em ninguém e revestido de uma casaca militar folgada, cingida de um talim frouxo, de onde pende tristemente uma espada, o presidente recebe visitas, despacha, opõe seu veto a leis e pedidos. Só vinte dias depois de iniciada a revolta, Floriano declara estado de sítio no Rio de Janeiro e em outras capitais. Ao ouvir o canhoneio, Josina tranca os filhos no quarto de baixo, com as aldravas das janelas fechadas a ferrolho.

Nesse encadeamento de 1893, com bandagens e uma longa cicatriz no rosto, Silvino volta à carga. Recebe de Custódio, almirante rebelado, o comando da corveta *Guanabara*, armada com peças de médio calibre. Floriano é informado das suas atividades. Exibindo o queixo curto, a vontade sem fim e uma voz consumida, Silvino metralha lanchas e torpedeiras fiéis ao presidente. Espalha-se no Rio o mito de um marujo-caveira, que tomou a fortaleza de Santa Cruz, no ano passado, e agora quer destruir Niterói e a Capital Federal.

Alinhados na baía entre a ilha das Cobras e a fortaleza de Villegaignon, os rebeldes *Aquidabã*, *República*, *Trajano*, *Javari*, além da própria *Guanabara*, disparam contra as fortalezas legalistas. Floriano manda armar os morros com canhões. A troca de fogo fere o Centro várias vezes. Dois disparos do *Aquidabã* acertam a torre da igreja da Candelária. Uma peça cai na rua do Ouvidor, rompe a cúpula da igreja da Lapa dos Mercadores, destruindo parte do prédio vizinho. Entre os marinheiros a bordo da *Guanabara* há meninos de quinze e dezesseis anos. Silvino tem por eles um carinho severo. Parte da sua corveta o tiro que queima o holofote do morro da Glória, usado pelo Exército para acompanhar a movimentação noturna da Armada rebelde. Floriano vê isso tudo lá do alto, faz ajustes no posicionamento da frota fiel, apelidada de *esquadra de papelão*, e dispõe com precisão os canhões deslocados para os morros.

Na *Guanabara*, o marinheiro Silvino e os meninos veem os holofotes do *Aquidabã*, vaso-chefe dos rebeldes, onde vai Custódio, dificultar a pontaria das fortalezas florianistas. Olham os faróis dos navios lançando borras prateadas ao longo da baía. As manchas mais próximas, vivas ao redor do casco, revelam aqui e ali os sargaços e cardumes, sombras que aos poucos submergem, apenas para voltarem em novas formas. Tudo, absolutamente tudo, no mar, é mudança.

Antes de ser deposto e expulso do país, no auge de uma crise em que prevaleceu o quebra-quebra durante a revolta do Vintém, por causa do imposto que aumentava em vinte réis a tarifa dos bondes, Pedro II escreveu à sua amante, a condessa de Barral, dizendo, Eu necessariamente hei de ter andado à baila. Difícil é a posição de um monarca nesta época de transição. Poucas nações estão preparadas para o sistema de governo para que se caminha, e eu decerto poderia ser melhor e mais feliz presidente da República do que imperador constitucional.

À beira do precipício, havia intuído o rumor da queda e desejado fazer parte do novo regime. Estava só. Perdia terreno para opositores e céticos. Nabuco disse que a lavoura já era republicana. Numa charge da época, Agostini pinta os fazendeiros jogando fora largos panamás e pondo um barrete da república, brandindo a bandeira do futuro regime, com a fala, *Sem nêgo não queremos imperadô*. O fato é que a vanguarda política e cultural estava nas mãos dos monarquistas, que ganharam a batalha da abolição mas perderam a guerra da governança. Segundo o revisionista José Murilo de Carvalho, Do ponto de vista político, quem tinha razão era o astuto Cotegipe quando disse francamente a Isabel que ela redimira uma raça mas perdera um trono.

Nos últimos momentos, e ainda de acordo com o mesmo, o poeta cubano Julián del Casal compôs um Adeus ao Brasil do imperador Pedro II, que fecha com votos ao futuro abolido.

Y aunque llevé en la frente una corona,
yo he sido tu primer republicano!

Agora Josina pensa com pena no imperador exilado. Lava as mãos e se enxuga no avental que acaba de tirar da cintura. Está pesada. Ela e Joana Catolé amamentam a pequena Maria Josina, e a primeira-dama já gesta de seis meses Maria Anunciada, a sua oitava gravidez.

Floriano gosta de ver a esposa grávida, macia e líquida, com a vagina escura, com gosto de manteiga, e a barriga com uma linha que desce das tetas cheias, passa pelo umbigo e chega ao ventre dilatado. Ele se anima com a casa repleta.

Nas sextas-feiras, nos dias de maior folga, quando bebe canadas de aguardente, diz sentir falta de Maceió, da vila de Ipioca, onde nasceu. Conta que também fez teatro na Praia Vermelha, com o falecido sargento Gentil, que fazia daquele rincão positivista um bataclã cívico e criativo, recitando trechos de vidas famosas, inclusive a de Calígula.

Sua roupa, o calçado e o resto do vestuário que ele sempre usou não eram de quirites nem mesmo de um homem, e não tinham nada de humano. Muitas vezes aparecia em público envolto em casacões salpicados de cores, cobertos de pedrarias, de mangas e braceletes. Outras, de vestido de seda com cauda. Ora de sandálias ou de coturnos, ora de botas militares ou de tamancos de mulher.

Mais seguidamente, porém, se apresentava com uma barba de ouro, a segurar um raio, o tridente e o caduceu, insígnias dos deuses marinhos, e também em trajes de Vênus.

Assim era o Calígula de Zezé Gentil. E, animado pela mistura de cachaça com passado e charutinhos do Paraguai, ao lado de Josina, nas noites da sexta, ela grávida, Floriano cita o poeta baiano.

O amor é finalmente
um embaraço de pernas,
uma união de barrigas,
um breve tremor de artérias.

Uma confusão de bocas,
uma batalha de veias,
um reboliço de ancas,
quem diz outra coisa é besta.

Seis meses depois, na sua última luz, Josina, aos trinta e seis, paria Maria Anunciada no palácio do Itamaraty. Floriano era pai aos cinquenta e quatro, no ano da presente revolta da Armada.

O presente também é de mudanças. Brasileiras e brasileiros. Quero contribuir para a construção de uma ampla e profunda reforma política, que amplie a participação de todos. É um equívoco achar que qualquer país possa prescindir de partidos e, sobretudo, do voto popular, base de qualquer processo democrático. Em relação à Copa, quero esclarecer que o dinheiro do governo federal, gasto com as arenas, é fruto de financiamento que será devidamente pago pelas empresas e os governos que estão explorando os estádios. Ela disse, Jamais permitiria que os recursos saíssem do orçamento público, prejudicando setores prioritários como a saúde e a educação. Confio que o Congresso aprovará o projeto que apresentei para que todos os royalties do petróleo sejam gastos exclusivamente com a educação. Não posso deixar de mencionar um tema muito importante, que tem a ver com a nossa alma e o nosso jeito de ser. O Brasil, único país que participou de todas as Copas, cinco vezes campeão mundial, sempre foi bem recebido em toda parte. Precisamos dar aos nossos povos irmãos a mesma acolhida generosa que recebemos deles, ela disse. O futebol e o esporte são símbolos de paz e convivência pacífica entre os povos. O Brasil merece e vai fazer uma grande Copa. Sucesso aos nossos jogadores. Boa noite.

*　*　*

À beira do fogo, a sua mãe lhe pergunta, Silvino, quem te ensinou a remar? O garoto, futuro inimigo de Floriano, sorri, formulando uma resposta. Foi o tombo do navio. E dona Cêça segue cantando canções sobre gente que se foi e não volta mais, ao mar para sempre, sobre amores eternos, coagulados num passado que também já vai longe. Está grávida de Nicote, a natimorta. E Maria Estelita aplaude sentada em seu tamborete, chupando roletes de cana. Silvino, miúdo, observa a mãe e a irmã. Jura virar marinheiro e trazer de volta o pai, que não lhe cumpre as promessas, o pai montado naquele cavalão branco que tanto impressiona os da feira.

Hoje sabe-se que, sozinho, o marinheiro cunhava palavras. *Clamear*, para pedir sem convicção, sabendo que jogava um jogo em que a finalidade é matar o tempo. *Jãe*, quando queria indicar pressa, com a deliberação de planos longamente cultivados, mas cujos resultados não dependem da sua vontade. *Otrofa*, pessoa a quem se quer bem, ainda que à distância, ou na indiferença de quem é alvo desse benquerer. O. L. aponta um glossário mais vasto, Conquanto ainda não fale, ele nota, e faz Silvino, antípoda de Floriano, pensar, vou armando em mim palavras que ainda não existem. *Tenderna* é essa luz que evoca a porcelana e que vemos no quarto antes do amanhecer. *Lanstoso*, o ar da pessoa que deseja agredir-nos e não o faz por temor. *Emarame*. Ato de ir e vir ao mesmo tempo, também o duplo, o indissolúvel movimento, ante o espelho, de um corpo refletido em seu cristal, desde que ambos, corpo e reflexo, sejam contemplados por alguém. Silvino era, na realidade, um enérgico utopista.

Nabuco anota, Ouvi hoje que Floriano contratou por quinhentos contos, com um capitão Bolton, aventureiro americano, fazer saltar por um torpedo o *Aquidabã*, e que o sujeito com efeito preparou o torpedo e tomou uma lancha com a bandeira inglesa. A lancha foi presa e ele entregue ao couraçado americano pelo rebelde Custódio. Não preciso comentar o uso da bandeira inglesa para tal fim. Se o ministro da Marinha foi conivente nesse ato de pirataria, não há qualificação. E, depois, a 1º de outubro, Fui à cidade, ao banco. Muito admirados todos de me verem, supunham-me uns preso, outros em Petrópolis. Depois fui ao Morro ver minha irmã. Bombardeio de Niterói pela *Guanabara*, a *Trajano* e dois navios frigoríficos. Previnem-se lá todos que me acautele. Por quê? Essa briga é entre republicanos. Eu nem federalista sou porque não sei o que o federalismo quer. Simpatizo com ele como com o triunfo da Armada, por esperança.

No começo de outubro, a presença de navios americanos e ingleses intervém, negociando um cessar do bombardeio ao Rio. O lento pragmatismo de Floriano surte efeito. Custódio, comandando a partir do *Aquidabã*, aceita o acordo. Nabuco nota, O governo está desarmando os morros porque só assim o corpo diplomático fica fiador da Armada. É um apelo à proteção estrangeira. Antes não tivessem posto canhões nos morros e deixado a cidade entregue a si só. Não seria talvez bombardeada. Tanto arreganho, tanta certeza de meter a pique os piratas, para depois resultar tudo na proteção dos estrangeiros, o que não valia a pena. E repete que há grande expectativa de que venha a ser preso. Mas, afinal, não foi. A revolta não era monarquista.

Pouco a pouco, o diplomata do Império se retira da vida pública e mergulha na memória.
Tipos da fazenda. Henriqueta. Quieta, preta velha, magra, risonha, enrugada, lenço atado na cabeça, a doutora, a parteira de graça, da redondeza, a enfermeira da *rua*, antiga senzala, curando com as ervas, operando na cozinha. A providência sem presunção do seu papel, do lugar. Insinuante, bondosa, meiga. A tradição viva das receitas antigas, levando a cada manhã a tamina, a cuia de farinha. A tamina de cinquenta famílias que dá o barão. E Nabuco passa a recordar sua formação política.

Os estrangeiros, com suas brigadas de proteção à propriedade, distribuem panfletos, afixam cartazes no Centro, avisando que a esquadra *estrangeira* oferece proteção. Ao norte do país, no porto do Recife, se organiza a esquadra fiel a Floriano, apoiada pela neutralidade dos comerciantes. Custódio sabe que, após o acordo de não se fazer fogo ao Rio, a frota rebelde luta uma batalha sem tiros. A sua sorte depende da adesão de outros navios, fortalezas e portos. Ele envia a Pernambuco o conde de Biscussia, austríaco liberal que aporta no Lamarão em outubro de 1893, a bordo do *Strabo*. O conde faz visitas e leva correspondência, deixa o Recife no mês seguinte. No retorno à Capital Federal é detido imediatamente. Cartas de chefes políticos locais e simpatizantes a Custódio aparecem nas mãos de Floriano. Uma voz idônea especula que o conde tenha traído a Armada rebelde. A par da situação, Custódio decide fazer nova tentativa em Pernambuco, agora um homem seu. Não um estrangeiro, mas alguém de lá, Silvino, que já havia se rebelado no ano anterior tomando a Santa Cruz.

Poucas semanas depois, dona Cêça entra na sala, de lenço atado na cabeça, e os homens param de discutir a participação do seu filho. Ela traz uma bandeja com bule, xícaras de café e um prato de biscoitos. O que teria feito Floriano agir tão intempestivamente? Talvez ainda estivesse sob o efeito da morte do tenente Gustavo Sampaio, amigo seu, ferido de bala combatendo os rebeldes nas baterias do forte da Lage.

Josina implora pelo jovem marinheiro que também vem do norte. Ela lhe diz, Vou ter uma criança que talvez se revolte contra o governo. Pra que matar? Mande prender.

Faço o que não me deixam evitar.

Você faz porque quer, Floriano.

Não é assunto para quem está em resguardo.

E existe assunto que a mãe dos seus filhos não possa apelar?

Me deixe, Josina.

Floriano recebe, às duas da madrugada, um cabo do general Leite de Castro, do Comando das Armas de Pernambuco, O sargento da *Guanabara* está aqui, preso. De acordo com o ministro João Filipe, que naquela noite faz companhia ao presidente, após ler a mensagem Floriano dita a resposta, Faça fuzilá-lo antes do amanhecer. Três horas depois, às cinco da madrugada de um domingo, Silvino de Macedo é fuzilado. Naquela mesma manhã, à hora do café, a boa dona Cêça recebe a notícia e deixa cair uma bandeja de faiança no chão da sala.

Carta de Bonaparte, escrita após sua captura, quando primeiro lhe oferecem a opção do suicídio, Por isso, o preso que se mata é como um preso que foge. Um e outro iludiu o castigo, porque este devia consistir na duração e não na extinção. Porém, na morte pelas próprias mãos, ficou impunido o crime? Não, porque suposto se ausentasse o delinquente, cá deixou o nome e a memória, e nesta ainda tem lugar a pena. Contra ela se fulmina a condenação de um labéu perpétuo. O que acabou com a fuga ou com a morte foi a pena temporal, e por consequência pena curta, porque se encerrava com a vida, mas fica substituindo a pena da ignomínia, pena quase sem fim, porque as crônicas e a História fazem a memória da infâmia renascer a cada instante.

Há dois movimentos em Pernambuco, um de indiferença aos eventos no Sul, capitaneado pelo governador do estado, e outro de franco apoio à revolta contra Floriano, liderada por Custódio. Os simpatizantes deste começam a ser perseguidos após a visita do conde de Biscussia. Nos últimos dias de 1893, cinco marinheiros são supliciados no paiol da Imbiribeira. Caminham a pé, descalços, da cela ao lugar da execução. A um deles, que tinha sede, negaram água. Tudo isso informa o dr. Vicente Ferrer. A ordem era enterrar os cadáveres a cinquenta metros do lugar do suplício, em covas sem marca e campo aberto, deixando a grama crescer por cima, para que as sepulturas se percam. Essa informação foi transmitida aos supliciados. Entre eles, o praça Isácio Coati tem apenas catorze anos.

Já no começo de 1894, encontra-se atracado no porto do Recife, além de cinco torpedeiras alemãs

Schichau, novas, o *Niterói*, o *Andrada* e a torpedeira *Gustavo Sampaio*, estes últimos três comprados por Floriano aos Estados Unidos.

A revolução está me trazendo a paz, mas não a que eu esperava, é o que Silvino costuma dizer aos praças, encorajando os mais jovens na campanha contra o presidente. Em janeiro, Silvino desembarca no cais onde trabalhou meneando catraias e balsas, chega a bordo do vapor belga *Wordsworth*, embora seu nome não conste da lista de passageiros. Tudo no cais parece igual e, no entanto, nada ali é o mesmo. Mudou Floriano, muda Silvino, mudam os lugares.

No cais da Lingueta, com larga cicatriz que facilmente o identifica, Silvino é apontado por um pavilhão azul, um soldado da guarda florianista, a quem o vulgo cognomina *tiradentes*. Vicente Ferrer crê que Silvino não esteja a serviço de Custódio, e indica o desembarque num cais familiar, onde era conhecido, como evidência de saudades, e não de política. Anota ele, Outros dizem que, tendo a bordo gostado muito de uma menina, viera à terra comprar uma jangadinha, a fim de presenteá-la à mesma menina. É certo o seguinte, achava-se à porta do estabelecimento número 28, do cais da Lingueta, hoje praça Santos Dumont, comprando uma das tais jangadinhas, quando ali passou o tiradentes Joaquim Augusto Freire e, encarando-o, disse-lhe, Você é Silvino de Macedo! Silvino negou e deixou-se, imprudentemente, ficar onde se achava.

Minutos depois é preso pela segunda vez. As denúncias e a execução do inquérito são realizadas longe da opinião pública, à luz da madrugada, em recinto desabitado, sem aviso nem juízo prescrito pelas leis marciais da época. Silvino é fuzilado por um pelotão de linha, sem mais pessoa ou corpo civil que testemunhasse o procedimento. O estado de sítio não prevê execução sem juízo, a lei marcial não autoriza exceções no julgamento de civis. Silvino tem baixa do Exército registrada em ordem regular, portanto não é militar, tampouco é flagrante espião, não comete crime no estado de Pernambuco. Deveria responder, como civil, pelos crimes cometidos no Rio de Janeiro. Mas o general Leite Castro nomeia um conselho militar e, às quatro da tarde do sábado, inicia o inquérito.

Você reverencia o absolutismo?
Quantos são?
O que querem no porto de Pernambuco?
Conhece o conde de Biscussia?
E o dr. José Mariano Carneiro da Cunha?
Qual é o nome completo de seu pai?
Onde está sua carta de patente?
A que ordens você obedece?
Aponte quem é hoje o presidente do Brasil.

Sem mais o que perguntar, um dos interrogantes empurra para trás o espaldar da cadeira. Silvino cai no chão e recebe um chute na barriga. Por um instante perde o ar, não vê nem ouve. O mundo se cala. Volta à tona só aos poucos. Tudo no mar é movimento. O marechal Floriano é uma presença nas salas, em todos os cantos em que vão os soldados. Silvino ergue o minúsculo queixo coalhado de sangue, tico verdadeiramente monstruoso, e abre os olhos escuros. Os interrogantes dão um passo para trás.

O marujo fala, com a voz nasalada, Jãe clameio otrofa lanstoso que emarame trai, e há um longo silêncio. De novo, os interrogantes não sabem o que perguntar.

Fale *sem ser* com a língua dos caboclos, engenheiro! E leva outra bordoada. Ainda assim não dá resposta.

Escreva aqui, e lhe passam, pela segunda vez na vida, um pedaço de giz com tabuinha de lousa.

José de Macedo é chamado às pressas ao quartel-general na rua da Aurora. Escoltam o comerciante ainda vestido em roupas de cama, por baixo de uma casaca longa, cinza, com abas largas. Pela portinhola de passar o rancho, o pai vê o filho. Silvino está algemado, nu, de cócoras no chão. Um cheiro de urina e fezes escapa pelas frestas da porta. José de Macedo pensa em pedir clemência a Floriano. Dizem que a sua esposa é piedosa e tem influência sobre o presidente.

Esse é seu filho? O tenente da guarda pergunta. Porque isso ele disse que era. É ou não seu filho?

Passam pela cabeça de José de Macedo as peripécias do pequeno Silvino, brincando, vestido de marinheiro, como nas fotos a gosto do século.

É seu filho, não é?

Ali está Silvino, com seu rostinho simiesco e doce, o riso acre e olhos ternos, parecendo cego, desejando a queda dos marechais.

É não, tenente, diz Zé de Macedo. Meus filhos estão em casa, já lhe disse.

Por volta das duas da madrugada chega o telegrama de Floriano, dizendo, Fuzile sem formalidades. Pelo menos, é o que conta Ferrer. Já Corrêa da Costa insiste no referido *faça fuzilá-lo antes do amanhecer*, tal como descrito por um dos ministros de Floriano. Outros, por exemplo o dr. Júlio de Melo, defendem a noção de que a mensagem não passa de um ambíguo Resolva logo, e que, por isso mesmo, o operador de cabo pede confirmação, solicitando reenvio de ordem.

Na cozinha, apanhando um copo d'água, o professor ouviu a minha história e falou, Agora estou em dúvida se devo comentar isso ou não. Essa doença da sua mãe. Ninguém merece. É a pior de todas, porque se esconde, não causa dor e, quando vê, já corroeu tudo. Imagino que seja um momento em que a senhora precise de privacidade, paz consigo mesma e convivência com as amigas. A copeira não é sua amiga? Vocês devem conversar, e não só sobre os Ramil, estou certo? Então, o apoio dos outros é fundamental. Digo à senhora, o tempo da cura, em todos os sentidos da palavra, demora. Aliás, em latim, quem for averiguar o que se esconde na definição, volta maravilhado. Essa é boa. A senhora vai gostar. Cura é direção, administração, encargo, até mesmo inquietação amorosa e a guarda do rebanho. Quase tudo está contido na definição de curar. Não lhe disse, não é incrível? *A cura* é a interrupção do progresso do mal. Mas *o cura*, da mesma raiz, é o sacerdote que tem na igreja fregueses que ele é obrigado a sarar. É o cura d'almas, como se dizia antes. *Os males que em mim estão são curas que me sobejam*, diz o poeta. Acho que foi Camões. Todos estamos doentes, a sociedade está doente. A senhora precisa ser a cuidadora de si própria. Não posso nem imaginar a complexidade dessa curadoria do corpo, da alma, da vida privada, do tempo, do enjoo, do ânimo de uma mãe idosa. A minha eu não conheci. E isso em meio aos cuidados que ainda por cima a senhora tem na casa do dr. Ramil. Das revistas que gosta de ler, pelo menos de vez em quando, suponho, ele disse.

E Dilma falou, em cadeia nacional, Meus queridos brasileiros e, muito especialmente, minhas queridas brasileiras. Hoje, Dia Internacional da Mulher, podemos dizer que o Brasil tem muito a comemorar e muito a fazer. Das vinte maiores economias mundiais somos, proporcionalmente, a que tem mais mulheres empreendedoras. Nos últimos onze anos, dos 36 milhões de pessoas que saíram da extrema pobreza, mais da metade são mulheres. Igualmente são mulheres mais da metade dos 42 milhões de pessoas que alcançaram a classe média. O Brasil criou, nos últimos três anos, 4 milhões e 500 mil empregos. Mais da metade desses empregos foram conquistados pelas mulheres. A mulher é a nova força que move o Brasil. Somos um país líder no empreendedorismo feminino. No caso do nosso programa de formação profissional, seis em cada dez alunos são mulheres. De quase 1 milhão de matrículas, mais de 650 mil foram feitas por mulheres. São as mulheres que saem definitivamente da pobreza, aprendendo uma profissão. Essa nova realidade explica por que as mulheres já são proprietárias de 44% das franquias do país, ela disse. É um segmento que meu governo vê com especial atenção, pois, quanto mais pobre a família, mais a mulher tem um papel central na estruturação do núcleo familiar. Por isso, 93% dos cartões do Bolsa Família têm a mulher como titular. Ela falou, Este é o século das oportunidades. E este é, sem dúvida, o século das mulheres. Viva o Dia Internacional da Mulher. Viva a mulher brasileira. Boa noite.

Ramil Jr. olhava para mim desconfiado. Sabe que eu sei das trelas dele. Lembra dos sucos de laranja com mamão que lhe dava para prisão de ventre, lembra das massagens no peito, para a asma que superou só depois, homem feito. E dr. Ramil agora deita de braços cruzados, olhando para cima, sem saber de nada. O rapaz contava comigo, e um dia bateu no Acrópoles, no meu apartamento, onde foi parar guiado pelo endereço de um boleto que chegou para mim na Almirante Alexandrino. Tocou, perguntou, e nada. Eu não estava, ele acabou conversando com o porteiro, um aposentado, seu Nicola. Seu Nicola fala demais. Disse a Ramil Jr. o que ele primeiro não entendeu, e depois não acreditou.
O quê? Não, meu filho. A mãe dela já morreu faz tempo. Não tem ninguém aí. Não adianta bater. A senhora mãe dela, a velhinha, Deus a tenha, não vai atender. E se atendesse era para todo mundo sair correndo.
Nicola deve ter dito isso rindo. Ramil Jr. demorou dias, depois perguntou. Contou que foi lá. Contou o que ficou sabendo. Não adiantava falar outra coisa para ele naquela hora. Ela já faleceu, sim, e continuo recebendo a ajuda de seu pai, porque é uma ajuda que ele dá sem lhe fazer falta. E, para mim, faz muita. Faria falta se eu dissesse, Ah, dr. Ramil, não preciso mais desse dinheiro. Na minha situação, quem era que ia fazer uma coisa dessas? Ninguém. Então Ramil Jr., a partir daquele dia, esfriou para o meu lado. Esfriou mas não disse nada ao pai. Ninguém tocou na palavra

mentira. Podia ter lançado mão dela bem mais do que ele. Mas uma mão lava a outra. Ramil Jr. engoliu a zanga. O pai dele não sabe nem vai ficar sabendo que fim levou a minha mãe. Por isso, não pude me negar ontem a ficar para o jantar, a passar o dia inteiro preparando sopa de peixe para o dr. Ramil e para o professor, que ainda falava e falava, sem parar, esticando o domingo para além do possível, fazendo caber nele um ano inteiro de conversa fiada.

Sonhando, enquanto está só, torcendo a corrente que lhe prende os braços, Silvino de Macedo desenha com um dos elos do ferro, na parede da cela, um sol amarelo, pontilhado, como aquele fixado a grude e pregos contra uma palmeira no palácio das Princesas, na República de 1817, em Pernambuco. Quanto tempo Silvino se fixa na sua parede? Dois soldados abrem a grade com um sopapo e levantam o preso do chão. Ele é alimentado e vestido com as mesmas roupas de antes. Tal como os cinco marinheiros supliciados em novembro passado, Silvino agora segue a pé, sozinho, rumo ao paiol da Imbiribeira. Tem as mãos para trás e, entre os pulsos, uma peça de pau onde atam as cordas. Na cabeça, um cachenê café lhe dá uma volta no rosto, segurando o queixo magoado com um nó atado na altura da testa. Dessa forma, caminha descalço, acompanhado apenas de sua escolta.

O tenente Manoel Belerofonte se encarrega da sua execução. Dizem os oficiais que ele próprio se oferece para isso. De novo, o dr. Vicente Ferrer é o melhor observador dessa paixão.

Silvino dirigiu-se aos soldados, a quem disse saber que estavam cumprindo o seu dever, e pediu ainda para dar o sinal de *fogo*. O tenente Belerofonte respondeu-lhe, Um bandido não pode dar ordens a soldados. E foi-lhe também recusado falar, mas, dados os primeiros sinais pelo oficial, Silvino bradou, No coração, fogo! E caiu estorcendo-se nas últimas convulsões da agonia, que terminou com o tiro de honra.

Já esse tiro, porém, ninguém se oferece a dar. Belerofonte aponta para um ordenança, o mais jovem da linha, que saca o revólver de cavalaria, pede desculpas ao supliciado e lhe aponta o cano. Eram ordens do marechal. Silvino gira o corpo e se contorce no chão, com o peito estourado. O ordenança dá um passo para trás, de rosto contrariado, afasta as botas, estica o braço e dispara um tiro espalhando a cabeça de Silvino no piso do paiol a uma légua do porto do Recife. E no Rio, Josina se pergunta, Para que essas mortes? Ela e Floriano passam a dormir em quartos separados.

Entre as imagens da época, há várias representando ícones turísticos e administrativos na Capital Federal. Muitas das fotos que circulavam comercialmente trazem legendas em espanhol, francês e inglês. Eram comuns álbuns em pequenas tiragens produzidas, entre outras, pela Companhia Fotográfica Brasileira, cuja direção técnica estava a cargo de um Juan Gutierrez. Prudente de Morais, presidente, encomendou um desses, *Recordações das festas nacionais*, documentando os primeiros cinco anos da República, até as festividades da sua posse.

A melhor fonte a respeito da vida e obra de Juan Gutierrez, testemunha da revolta da Armada, é o livro de Ermakoff. Gutierrez era cidadão espanhol, nascido nas Antilhas. Ermakoff crê que ele seja de Cuba. Não se sabe quando chegou ao Brasil. Mas já em agosto de 1889, como proprietário da Fotografia União, foi designado Fotógrafo da Casa Imperial por Pedro II. Logo após a proclamação da República, Gutierrez adquiriu cidadania brasileira valendo-se de um decreto do marechal Deodoro que concedia o benefício a estrangeiros que residissem no país no dia 15 de novembro daquele ano. Depois da queda de Deodoro, Gutierrez obteve um contrato do Exército para documentar a revolta contra Floriano.

As fotos mostram baterias do Exército, soldados e danos causados às fortalezas durante o conflito. Os detalhes são fantásticos.

Na fortaleza de Villegaignon, um marinheiro aparece lendo, escorado no reparo de um canhão, indiferente ao fotógrafo. Entre as ruínas da mesma fortaleza, um pequeno grupo posa estupefato, por trás de uma bandeira brasileira, esfrangalhada, pendendo de um fio. Mulheres negras negociam balaios de frutas e verduras no mercado da praia do Peixe, perto do cais Pharoux, enquanto um homem branco, de costas, porta a tiracolo uma bolsinha de couro e na cabeça uma cesta do tamanho de um prato. Há um lirismo surreal nas grandes pedras em forma de bolhas de granito na ilha de Paquetá, e, posando contra uma delas, Gutierrez põe um homem que reaparece em várias fotos, caracterizado à latina, tomando sol de bigode cheio, descalço, vestido de branco com uma faixa escura atada à cinta. Era o próprio Gutierrez? Eles se parecem. Em outra imagem, numa praia da mesma ilha, um garoto de sombreiro, com pés e braços agarrados a um coqueiro, transfigura o cenário para, talvez, lhe infundir um traço panlatino.

Após a revolta da Armada, recrudesce o ânimo aventureiro e republicano de Gutierrez. Ele se alista à campanha de Canudos como ajudante de ordens do general João da Silva Barbosa, que comanda a primeira coluna da quarta expedição contra Antônio Conselheiro. Ermakoff especula que Gutierrez tenha sido, talvez, o primeiro fotógrafo a chegar em Canudos, embora nenhum registro seu tenha sobrevivido. Chega a Salvador em abril de 1897 e, em combate, é ferido de morte a 28 de julho. Manuel Benício descreve os eventos do dia para o *Jornal do Commercio*, do Rio de Janeiro, da seguinte forma, Veio a noite terrível. Antes o coronel Thompson Flores, tentando dar uma carga, foi morto em meio caminho e com ele outros oficiais, entre os quais o valoroso João Gutierrez e cerca de sessenta soldados.

Entre amigos, Gutierrez era chamado de João e, às vezes, simplesmente de *Gut*. Olavo Bilac costumava referir-se a ele com grande humor e carinho. E o próprio Euclides da Cunha não o deixaria de fora das suas listas e painéis de grande absurdo, advertindo que Juan Gutierrez havia tombado, ali, Oficial honorário, um artista que fora até lá atraído pela estética sombria das batalhas.

A propósito do aspecto secreto e ilegal dessas batalhas, diz o dr. Vicente Ferrer, Quando visitei a sepultura dos supliciados da Armada, no Recife, dominava-me a mais cruel tristeza pelo prematuro passamento de meu único filho varão, fato ocorrido em janeiro do mesmo ano, e, à memória dele e a meus sentimentos de católico, prometi trabalhar para que os restos dos desgraçados fossem colocados em lugar sagrado. Floriano já havia deixado a presidência. E não constava oficialmente que tivessem havido fuzilamentos em Pernambuco, nem que houvesse inumado nenhum no campo da Imbiribeira. Dirigi-me ao general Travassos e ainda este negou-me licença, porque poderia a exumação dar lugar a algum *barulho*. Como enganava-se o general. Neste país é impossível qualquer alteração da ordem pública por parte do povo. Demais, os antigos revoltosos desejam até ocultar sua participação no movimento contra o marechal. Deles apenas um deu 5 mil-réis para o jazigo de Silvino, mas pediu que não se declarasse seu nome, e fosse escrito, apenas, *Um cupim*, denominação do clube abolicionista que prestou serviços à causa da libertação dos escravos.

Na época, a capital do estado do Rio de Janeiro era Niterói, assolada pelo revoltoso da corveta *Guanabara*. Por causa do canhoneio, durante a revolta ela foi transferida para Petrópolis. Floriano não chegou a testemunhar sua restauração, faleceu em junho de 1895, um ano e meio após mandar executar Silvino. Niterói recobra o mando político da Guanabara em 1904.

Hoje, quem folheie as fotografias de revistas da época encontra apenas homens mortos. Mas entre eles não está Silvino. Silvino de Macedo não tem antepassados nem deixa descendentes. Foi fuzilado na madrugada do dia 14 de janeiro de 1894 contra um tronco de mangueira. No último instante, alguém lhe grita o brado dos tiradentes, A República se faz com sangue e eternas saudades da Monarquia! Acontece que Silvino odeia igualmente a tiradentes e monarquistas. Senta-se no chão e pensa, Mudam as circunstâncias, muda o homem? Voltam as palavras de seu interrogante, A revolta foi o resultado de enganos, perfídias e fidelidades equivocadas. Acontece que o país ainda era governado por um marechal de costas e vinte feitores. Nem independência nem liberdade. Pelo menos não podemos mais voltar ao passado. Essa é a eterna obra das revoluções. E Silvino sorri.

A República que ele pôs de pé anda assolada por agitações nos quatro cantos do país. O Partido Republicano Paulista insiste em que os estados tenham mais independência política. A Armada se revolta em 1891, contra Deodoro, e dois anos depois contra ele, Floriano, que também enfrenta a rebelião das fortalezas da Laje e da Santa Cruz, além da revolução Federalista, no Sul, em 1893, o ano em que tem início a insurreição do arraial de Canudos, na Bahia. E permanece o fantasma da restauração monárquica. Como seria voltar a este país, anos depois, como um homem comum?

Os últimos dias de Napoleão são dominados pelo vagaroso fracasso do corpo. Até hoje não se sabe, com certeza, se foi envenenado ou não. Um dos seus propósitos imediatos era ter certeza de que seu nome não fosse esquecido no mundo que havia dominado. Ele se lembra das cavalgadas livres, sem os dragões, pelos bulevares de Paris, em plena guerra nas quatro frentes europeias e, também, em ultramar. Saía cedo na manhã, era admirado estupidamente pelos ambulantes que o reconheciam montado em seu cavalo branco. Agora, jantava no exílio da ilha de Santa Helena. Fazia tempo que não comia acompanhado. Dispensava seus oficiais e médicos. A saúde começou a piorar na metade de 1817, e várias vezes diagnosticaram uma disenteria ulcerosa. Seu estômago é fraco. Napoleão tem acessos de vômito e fezes com sangue. Talvez isto tenha dado uma ideia a seus inimigos, aos que de longe ainda temiam sua restauração. Ele bebe orchata, uma amendoada leitosa que, servida com gelo, lhe acalma o estômago. As amêndoas doces são usadas para se preparar a orchata genuína. Mas na combinação certa dão um veneno poderoso. A orchata na cabeceira de Napoleão é inofensiva. Acrescentem-se amêndoas amargas e ela pode matar um homem. Por isso, ele dá suas instruções aos médicos. Quando eu morrer, quero que Messieurs docteurs abram meu corpo. Quero que me prometam que nenhum inglês vai pôr a mão no corpo. Quero que coloquem meu coração num destilado de vinho forte, para que logo seja enviado a Marie-Louise. Recomendo a Messieurs docteurs que avaliem imediatamente meu estômago e meus intestinos. Façam um relatório detalhado e entreguem tudo ao meu filho. Exijo que não ignorem nada. Nenhum detalhe deve ser omitido. E, quando eu me for, Messieurs docteurs irão a Roma, à minha mãe e aos meus, dizer a todos que meu legado às famílias regentes é o horror e a vergonha desses meus últimos dias.

    Floriano vira a página, ansioso para chegar ao fim. É a terceira biografia de Bonaparte que lê. Embora ressentido com os médicos, fica patente a confiança que o biografado tem no juramento de fidelidade a ele, ao paciente ilustre. O médico-chefe também era corsa. Mas como não confiar desconfiando sempre? A água de flor de laranjeira que Napoleão toma é obviamente orchata preparada com amêndoas amargas. Dois dos três venenos já estão em curso, o tártaro emético e as amêndoas. O paciente sofre de enjoos e constipação. Os médicos se convencem a receitar calomelano, cloreto de mercúrio. As amêndoas amargas se combinam com o calomelano para formar, gradualmente, cianeto de mercúrio, que se espalha pelo corpo debilitado. Napoleão perde a consciência. Suas fezes e a saliva ficam escuras como nanquim. A cor negra é resultado do sangramento interno e do mercúrio na circulação. O intestino de Napoleão tenta resistir, eliminando toxinas, água e tecido morto. Dezesseis pessoas estão presentes, doze são franceses. Às 10h30, o pulso do imperador cai de maneira drástica e ele fica pálido como um lençol. Está enfraquecido pela hepatite aguda que já dura cinquenta dias. Das onze ao meio-dia, aplicam um emplasto de mostarda nos seus pés. Napoleão suspira fundo seguidas vezes. Às 14h30, um dos médicos põe uma bolsa de água quente por cima do seu estômago. Meia hora depois, seu pulso é quase imperceptível. Um dos médicos que não era francês dá a Napoleão goles da água de flor de laranjeira. Às 17h50 soa, com um tiro de canhão, o toque de recolher, e os olhos de Napoleão se abrem largos como moedas e se fixam no teto. Um dos médicos baixa as suas pálpebras. Pouco antes das ave-marias, a 5 de maio de 1821, Napoleão Bonaparte expira, cospe uma última sílaba negra e joga os olhos para o lado da janela.

5.ª FASE
Paraíso

Natale Netto diz que, chegado aos cinquenta e seis, Cansado e bastante enfermo, arrostando males suportados desde os tempos da guerra do Paraguai, a vontade de Floriano era a de desfrutar a aposentadoria no pequeno sítio de sua propriedade, localizado na praia de Pajuçara, na capital das Alagoas, para onde deveria partir na companhia da mulher e dos filhos a bordo do vapor *Brasil*. Os médicos, entretanto, proibiram a viagem, determinando que ele cumprisse, antes, um período de repouso talvez numa fazenda e o complementasse, se possível, numa estação de águas. Nos primeiros dias de junho de 1895, já que não se sentia bem, Floriano foi convencido por seus médicos e amigos a voltar ao clima do campo. O amigo Benjamin Franklin de Albuquerque Lima ofereceu-lhe o sítio Paraíso, situado em Divisa, no município de Barra Mansa, a menos de cinquenta quilômetros da Capital Federal, e onde, naturalmente, não lhe faltariam cuidados médicos. Ali, ao lado da família, poderia ter uma excelente recuperação. Mas parecia não haver tempo para isso.

O marechal está de pé, fardado e armado em 3.º uniforme, o traje habitual com que percorria as linhas defensivas do litoral, contra a revolta da Armada, tendo a espada abatida na mão direita e o quepe seguro na esquerda, a que se soto-põe uma peça de artilharia. Sua postura é de vigilância em defesa da República. Este grande e majestoso grupo que assenta sobre o capitel se compõe essencialmente da estátua de Floriano, no dobro do tamanho natural, e do pavilhão da República meio desfraldado, que lhe fica por trás. À direita do marechal surge, das dobras da tela da bandeira, aí esculpida em ascensão diagonal, nossa trindade cívica, Tiradentes, José Bonifácio e Benjamin Constant. E à esquerda do marechal, de costas para ela, avança impetuosamente uma graciosa figura de menina, que após si arrasta um irrequieto rancho de crianças esparsas ao longo da bandeira.

Foi isso o que ressaltou Gomes de Castro, comentando o monumento a Floriano, esculpido por Eduardo de Sá. Assim, o marechal subiu ao Paraíso. E uma das suas visões seria a seguinte. As filhas Ana, Maria Teresa, Maria Amália, Maria Josina e Anunciada correndo atrás umas das outras, com os cabelos longos e escuros penteados para a frente, cobrindo-lhes a testa, os olhos e a boca, vestidas em camisolões brancos de dormir, e correndo também do preferido dele, o rapaz José, que aos dezenove já observa as irmãs menores com o mesmo espanto com que Floriano notava Josina. A ambos elas pareciam criaturas saídas da lagoa.

No ano de sua morte Pedro II anota em diário, Sonhei com o meu Rio, que me deixavam ir, e eu logo fui embora como de viagem. Que felicidade! Lá iria passar o inverno de Paris em Petrópolis, voltando na primavera que é, na Europa, lindíssima. Foi um sonho. Mas acenderam a lâmpada e agora vou ler.

Segundo o perfil de José Murilo de Carvalho, o imperador, Em 24 de outubro de 1891, estava de volta a Paris, vindo de Vichy. Hospedou-se no modesto hotel Bedford, situado na esquina das ruas da Arcade e Pasquier. Um abcesso no pé, agravado pelo diabetes, impedia-o de andar. Mota Maia, Seybold, Nioac, Aljezur, além da família, continuavam com ele, e não faltavam as visitas de amigos mais próximos. No dia 23 de novembro, foi à Academia de Ciências para participar de uma eleição. No dia seguinte, fez longo passeio pelo Sena, até Saint-Cloud, sob neblina e carro aberto. À noite, começou a tossir. Em 25, manifestou-se uma pneumonia que lhe tomou o pulmão esquerdo e que os médicos Charcot, Bouchard e Mota Maia não conseguiram debelar. De 27 em diante, as anotações do diário foram feitas com letra de outra pessoa, talvez de Seybold, em português afrancesado. A última, de 1.º de dezembro, falava em partida para Cannes no dia 6. Não houve celebração no dia seguinte, quando completou sessenta e seis anos. Entrou em agonia na noite do dia 4 e morreu aos 35 minutos do dia 5. Paul Nadar fotografou o corpo, já vestido com farda de marechal.

Agora, no grande silêncio da cura, Floriano está só. Quatro anos antes de ele ir convalescer no sítio Paraíso, Josina entra em seu gabinete, apressada, com um papel na mão, e lhe diz, O imperador morreu.

Floriano estava há doze dias na presidência. Era o segundo no cargo, mas tinha sido um dos braços militares importantes do Império, exercendo no instante do golpe da República, em 1889, o posto de comandante-chefe do Exército. Na tarde da proclamação, Floriano se reunia com os ministros e conselheiros de Pedro II. Dividido, decidiu não fazer nada. Não foi a campo como os golpistas, enfrentar a resistência mínima da guarda imperial, tampouco mobilizou suas tropas em defesa da coroa, como a função lhe exigia e suas cartas de três dias antes afirmavam. No silêncio às perguntas do Conselho de Ministros, acabou prendendo a todos. Acompanhava, então, o visconde de Ouro Preto, presidente do Conselho.

O que foi isso, Floriano?
Ele não diz nada.
Outra revolta? Um golpe, agora do Exército?
Silêncio.
Por acaso estamos presos? Essa é boa. Estou preso? Fale.

Floriano caminha para fora do palácio, seguido pelos membros do Conselho, que serão conduzidos à prisão domiciliar até que o Governo Provisório decida o seu destino. Mas se sabe que Pedro II seria expulso do país.

E agora, nos últimos meses de 1895, sempre que fala a Josina, Floriano refere-se a si como seu esposo inválido, e se vira para um lado e para outro, incomodado pelas dores no abdômen. Uma melancolia imensa lhe toma o peito quando pensa na morte do imperador no exílio. Está deitado, acabando a sopa. Come pouco, quase nada é de seu agrado. Já não pode beber. Fuma cada vez menos, proibido, de pé, na janela do quarto, com uma banda aberta e as cortinas fechadas, apoiando-se no espaldar da cadeira, que é como faz hoje. Floriano apoia-se nas coisas. Fuma sem evasivas apenas quando vêm vê-lo. As visitas ainda são frequentes. Josina separa a sua melhor casaca, uma longa, cinza, de botões dourados, para que ele desça com melhor aparência, em passadas curtas, a mão de apoio enrugando-se como uma folha seca contra a madeira do corrimão.

Cuidado, nhô marechal.

Ele não responde. Ri a seu modo, apertando os lábios até sumirem, vergando os cantos da boca tão inexpressiva que se impõe com gravidade. Dois degraus abaixo, a preta Joana Catolé lhe estende uma palma esponjosa e morna. Ela fuma mais do que Floriano, que não imaginava sua inveja dessas baforadas, uma cobiça que se mistura às maravilhas passadas na fronteira do Paraguai, recém-saído da Praia Vermelha, com Ureña picando-lhe fumo. A velha, agora mais perto dele, cheira a feijão e cominho. Tem trinta anos a mais do que sua esposa, Josina. E, fora esta, a única pessoa com permissão de tocar o corpo de Floriano é Joana Catolé.

Nhô confie, venha, ele ouve, mas não diz nada. Aceita e lhe dá a outra mão. Desfaz-se por um instante a máxima há muito apregoada a respeito de Floriano. Aquela em que ele próprio teria dito, e repetido, Confiar desconfiando sempre.

Joana Catolé cuidava de Floriano, mas Josina era a rainha do lar, como ele próprio a chama. Comandava a casa sem repetir os pedidos, com a pequena Anunciada, vermelhinha, ainda no peito, além de mais outros sete filhos. Ana, José e Floriano Filho, Maria Teresa e

José Floriano, Maria Amália e Maria Josina. A mais recente, a oitava, nasceu no palácio do Itamaraty um ano e meio antes da morte do pai, com Josina aos trinta e seis anos. Nesse curso prolífico, iniciado quando ela não tinha os dezessete completos, Floriano sente falta, ao ver a esposa esperando na sala de baixo, sente falta do bico dos peitos de Josina, como caroços de café. Dos bicos com gotas de leite, que ele puxava com carinho, com a língua e os dentes, fazendo descer primeiro aquele soro pálido e doce que lhe trazia o coração à boca e, logo em seguida, o leite das tetas rijas, enervadas e mornas, que ele chupa murmurando *hm*, baixinho, filial, amoroso. Também sente falta de jorrar na boca de Josina, com ela de joelhos, devota e imperiosa, fazendo porque quer, nas sextas à tardinha, de corpete desatado e saias arregaçadas, respirando fundo com Floriano na boca, até que ele expulsa e Josina sorri, e cospe num lenço de linho bordado com as iniciais *JP*.

Lá fora faz um sol claro. Pela janela, Floriano vê uma ponta de céu e sente um aperto. Ouve o guinchar dos papagaios e sente vontade de fumar, de tapar os ouvidos e subir como as línguas de fumo espesso que saem da ponta dos charutos paraguaios. Sente saudades dos seus levantes como quem estranha não saber mais caminhar pelas ruas da infância.

Floriano se acostumou a moderar os levantes usando a respiração, a princípio inteiramente abdominal, com as costelas erguidas e mantidas assim pela contração dos músculos das costas e o alongamento da coluna. As narinas são usadas em expirações fundas e enérgicas, que se seguem em rápida sucessão. As inalações são passivas, causadas pelo relaxamento do abdômen.

Mas há uma diferença no posicionamento da glote na respiração para o levante. Ela permanece levemente contraída, produzindo um som grave, rascante, tanto na inspiração quanto na expiração. E esse exercício na restrição do ar é, aos olhos de Floriano, a melhor forma de se elevar o indivíduo para além do peso de seu corpo, fazendo com que ele fique mais leve do que o ar, como os aeróstatos lançados na fronteira a observarem Solano López.

O ajuste do pescoço e dos ombros, elevados mas sem rigidez, a vigorosa inalação seguida de exalações cadenciadas e o relaxamento simultâneo dos músculos abdominais formam a técnica de Floriano para se evitar que a pressão das palmas nas orelhas regulem a descida de modo brusco, sem as devidas manobras de pausa e as transições de altura. Quando Floriano chega aos oitocentos metros, a temperatura cai mais de quinze graus na escala Réaumur. Ele sabe que o controle da presteza na queda pertence às contrações do diafragma e, sobretudo, à sua imaginação.

Simon Leys, nascido Pierre Ryckmans, na Bélgica, é um scholar que se radicou na Austrália e escreveu um livro sobre a morte de Napoleão. Ele especula que, talvez, o imperador derrotado não tenha morrido aos cinquenta e um anos de idade, na ilha de Santa Helena, de câncer no aparelho digestivo. Em vez, Napoleão teria conseguido fugir a bordo de uma pequena baleeira portuguesa que rumava para as Madeiras. Disfarçado, a caminho de Paris, ouve numa estalagem, da boca de um veterano, uma história fantasiosa sobre a batalha de Waterloo. Napoleão não chega à capital. Casa-se com uma agricultora, viúva jovem que cultivava melões na Provença francesa, e aos poucos, na idade avançada, sente saudades da sua carreira militar. Então começa a delirar, tentando convencer as pessoas de que era mesmo Napoleão Bonaparte. Ele é com razão internado num asilo.

Lê-se à página 184 o seguinte. Um dos internos, companheiro de caminhadas no pátio, sentou-se no mesmo banco que Napoleão, mas não olhou para ele. Como todos os outros assolados pelo mesmo delírio de grandeza, este usava uma espécie de traje fantasioso, improvisado com retalhos de pano, uma mistura de trapos costurados à mão, que tentava reproduzir o uniforme clássico de Napoleão, nas suas campanhas, tal como figura na imaginação de todos. Casaca cinza, colete e calças brancas, grand cordon em volta do pescoço, botas de montaria e um espadim, ali, de madeira, completava o figurino. Quanto ao pequeno chapéu tricórnio, era feito de papel, cuidadosamente costurado e colado, retinto a nanquim.

Napoleão, hipnotizado, olhava para ele. Com esse disfarce, coisa pavorosa, o rosto pálido do seu companheiro de pavilhão tinha uma estampa de nobreza pensativa, esforçando-se para parecer com Bonaparte. Os lábios finos, apertados, davam uma impressão de inclemência deliberada. Sob o chapéu de papel, os olhos rutilando, acentuados pelas mechas de cabelo em volta, sondavam as profundezas da noitinha. Era como se, ao longo dos anos, o incansável esforço da mente, ou talvez a pura e simples obsessão que se impusera no seu pensamento, tivesse conseguido modificar os traços aparentes do seu físico, até conformar-se a uma estrita semelhança com o imperador derrotado, já morto. E esse triste molambo aparentava uma imagem mil vezes mais fiel, mais confiável e convincente, do que o improvável vendedor de melões que, sentado ao seu lado, o examinava com o pasmo de um espelho fosco.

Tudo que lembrava a Monarquia começa a ser apagado. Em Petrópolis, a rua do Imperador vira Quinze de Novembro. A da Imperatriz, Sete de Setembro. A rua Bourbon se torna Cruzeiro, a da princesa dona Francisca, rua General Osório. A dona Januária, Marechal Deodoro, e a Bom Retiro, Floriano Peixoto.

Já no Rio, a estrada de ferro Pedro II vira Central do Brasil. O grande colégio Pedro II, Colégio Nacional. O cemitério de São João Batista, Sul-Colombiano. O vistoso conjunto de residências vila Ouro Preto é batizado vila Rui Barbosa, e o largo do Paço, Quinze de Novembro. Em mais da metade das cidades brasileiras há ruas com o nome de Floriano. A Cinelândia fica no antigo campo da Ajuda, antes largo da Mãe do Bispo, onde havia o convento, demolido para dar mais espaço à praça de São José, depois praça Ferreira Viana, hoje praça Marechal Floriano. A antiga rua do Curtume, depois dos Coqueiros e de São Joaquim, chama-se hoje Floriano. E a ilha de Santa Catarina recebe o nome de Florianópolis quando o marechal enfrenta seu período de maior resistência na região, em 1894, logo após ter reprimido a revolução Federalista.

* * *

A notável inteligência nostálgica de Joaquim Nabuco faz uma avaliação do período. Diz ele, A legenda positivista do marechal Floriano ficará sendo que ele matou no gérmen a restauração monárquica e salvou a República do perigo da restauração. A legenda não é só positivista, é também *jacobina*, mas por esse lado a duração seria curta. O jacobinismo não é mais do que uma moda, um *pastiche* histórico. Floriano recebeu em 1891 a presidência da República em condições em que lhe era fácil administrar com a simpatia de todos e deixar ao seu sucessor um poder benquisto. Bastava-lhe para isso encerrar o período, como se chamou, das orgias financeiras, restringir a despesa pública, disciplinar o Exército. Em vez disso, arriscou-se a perturbar quase todos os estados com o sistema de deposições, cada uma das quais era uma conspiração do governo central, uma missão militar secreta, incompatível com a disciplina. Se foi na guerra civil rio-grandense que se enxertou, como tática de ocasião, a ideia do *referendum* ou de consulta à nação, foi ele mesmo, ele só, quem desnecessariamente criou para as instituições republicanas o perigo, aliás imaginário, que se diz que elas atravessaram.

Talvez Nabuco tenha razão. Mas, calado, Floriano também manda levantar o planejamento de habitações operárias, expede decreto revogando a tão criticada regulamentação das sociedades anônimas, aprova estudos para a navegação do rio Preto, reestrutura a Justiça nos estados, revê a maioria dos contratos do serviço público, procede à fusão do Banco da República dos Estados Unidos do Brasil com o Banco do Brasil, provê o resgate de papel moeda do Estado, libera crédito para o melhoramento portuário em Santos, Recife, Salvador, Ceará, Rio, Sergipe e Vitória, entre outras, reconstitui o Loide Brasileiro como companhia, restabelece a navegação do rio São Francisco, revê a malha ferroviária, expande as linhas-tronco da Central do Brasil, reúne num só os ministérios da Justiça, do Interior e da Instrução Pública e dos Correios e Telégrafos, regulamenta a Secretaria de Estado, organiza o serviço de abastecimento d'água em cidades do interior, cria as delegacias fiscais, reestrutura o Ginásio Nacional, funda o Pedagogium, destinado a formar professores e, entre outras iniciativas trabalhistas, aumenta os quadros e eleva os salários no setor industrializado.

Floriano desce para seu encontro com os estudantes, entre os quais três já fumam. Joana Catolé guia o anfitrião pelo braço, até uma cadeira de balanço, onde ele se apoia nas almofadas batidas por Josina. Ali adiante estão os jovens da Praia Vermelha, do grêmio republicano, que subiram até Divisa, ao sítio Paraíso, onde vieram visitar o ex-presidente. São nove, e um deles trouxe a irmã, uma menina de dez anos, da idade de Josina na época dos passeios até a castanhola. Os estudantes estão de pé, em semicírculo, postos na sala. Aguardam sua fala com as mãos nos bolsos dos casacos e das calças, ou de braços cruzados. Um magrinho, nervoso, que se parece a Silvino de Macedo, ri emocionado quando Floriano levanta os olhos, passando em revista as suas caras. O mesmo magrinho notifica que eles são uma comissão de vanguarda, que a homenagem será feita amanhã, à porta da casa, pelo grupo inteiro, mais de trinta, com placa e hino, e se o consolidador da República se incomodaria em dizer umas poucas palavras, da porta mesmo, ou de uma janela. O rapaz que fala em nome do grupo está inquieto, Floriano acha graça, imagina o instante em que os trinta estariam lá fora, aguardando suas palavras ou um aceno que lhes mostrasse a via futura da República.

Floriano fica ansioso, pensa no que teria a dizer, amanhã, a essa mocidade estranha. Lembra-se de Zezé Gentil guiando os rapazes de sua época, que assistiam a ambos no palco, prestes a declamar um trecho da seleta de Fouché. Prestes, talvez, trinta anos atrás, a expor um lance genial na carreira de Bonaparte. E ele lhes pergunta quem era hoje o sargento preceptor. Ouve que não era sargento nenhum, os cadetes sorriem, é o capitão Simas, só um oficial pode ministrar o curso de moral e cívica. Floriano balança a cabeça, no seu tempo era diferente, os sargentos da escola imperial tomavam parte de preceptores, os oficiais eram poucos, a escola era do imperador que foi expulso. Hoje ele não sabe de mais nada, do que era que iria saber? E é justamente o que diz aos rapazes, hoje ele é isso, um inválido da pátria.

Eles negam de cabeça, abismados pela sua modéstia. Mas, se quiserem, podem voltar amanhã. Há um silêncio solene. E, Vamos, Joana Catolé passa a dispersar os cadetes, que vão-se embora sorrindo e apertando-se as mãos, felizes pelas quatro ou cinco palavras ouvidas na sala do Paraíso.

* * *

Ficou acertado que os estudantes voltariam à casa, com o grupo completo, no dia seguinte, às dezessete horas, para lhe render a homenagem prometida. Eles têm a história do marechal na ponta da língua. Porém, hoje, ainda no dia anterior à homenagem, domingo, prostrado no piso da casa está Floriano de pernas e braços espalhados como uma estrela, a face esquerda pousada no soalho frio, de olhos fechados, com o fígado falhado e os intestinos sangrando. Em seu último pronunciamento, dirigido aos estudantes, encontrado no bolso da jaqueta com a qual receberia as visitas, ele escreveu, Meus amigos. Recebo com especial agrado a sincera manifestação do vosso apreço. Ela tem para mim um valor inefável, pois revela a generosidade dos vossos nobres corações. Ela enche-me a alma de um prazer imenso, porque encerra um tributo de vossa gratidão a um velho servidor da pátria, que sacrificou o resto da saúde e do vigor, deixado na penosa campanha do Paraguai. Hoje, como vedes, vivo longe do lar a procurar em vários climas a recuperação das forças perdidas nas lutas pela pátria. Nessa peregrinação, alimento a esperança de alcançar do Criador a mercê de viver mais algum tempo para prover a educação dos filhos órfãos, há cinco anos, dos cuidados paternos, e também para lograr o prazer de contemplar a jovem República livre dos embaraços que lhe estorvam os passos, a marchar desassombrada e feliz ao lado das nações mais adiantadas do Velho Mundo.

A vós, que sois moços e trazeis vivo e ardente no coração o amor da pátria e da República, a vós corre o dever de ampará-la e defendê-la dos ataques insidiosos dos inimigos. Diz-se e repete-se que ela está consolidada e não corre perigo. Não vos fieis nisso, nem vos deixeis apanhar de surpresa. O fermento da restauração agita-se em uma ação lenta, mas contínua e surda. Alerta, pois.

Não duvidei um momento sequer do nosso triunfo e, pedindo conselho à inspiração e à experiência, e procurando amparo no sentimento da responsabilidade que trazia sobre os ombros, tive a felicidade de poder voar, sonhando alto, sem que isto me custasse esforço sobre-humano, e guiar os nossos no caminho da vitória. Foi este o meu papel. Se mérito existe nele, não almejo outras alturas nem outra recompensa senão a prosperidade da República e a estima dos que sinceramente lhe consagraram o seu amor.

Um mês antes, em viagem a outro balneário, tentando a recuperação da saúde, Floriano havia escrito uma nota de carinho a Josina, que ela, diante do corpo, ainda conserva no bolso do colete.

Sinhá. Regressei hoje da campanha acompanhado até aqui pelas pessoas mais importantes da cidade. Acho-me melhor da tal barriga, que ali levou-me à cama, mas ainda sinto-me bastante atacado. O que tenho passado na sua ausência, já de oito dias, só eu sei e é Deus que assim manda. Já me falta a paciência para sofrer, mas o que fazer? Tenho tido umas saudades, uma tristeza tão grande por aqui, só, isolado, sem poder trocar palavras, que ainda vivo por misericórdia de Deus. Saudades da mulher e dos filhos. José, Flor e a caboclinha Anunciada, como vão de saúde?

Capitão Ramos que mande o Guimarães tirar mais 24 retratos dos últimos que reproduziu. Tenho muitos amigos que querem. A bênção aos meus filhos. Adeus, minha mulher. Sou sempre o seu marido inválido. Floriano.

Não gosto de quem elogia tudo que vê pela frente, concorda com tudo, mas fazendo ressalvas. O professor acha qualquer coisa lindíssima, acertadíssima, interessantíssima. E agora estávamos só nós dois, na sala de tevê, no meio da madrugada, vendo o noticiário com imagens em volta do monumento ao marechal, onde o jornalista foi morto, quando de repente ele me falou, É, o.k., vamos deixar que Dilma conclua o governo para o qual foi eleita de-mo-cra-ti-ca-men-te. Vamos deixar o partido completar o ciclo das políticas públicas, e tropeços, eu sei, que garantiram acesso a direitos fundamentais negados a milhões de brasileiros durante quase os primeiros duzentos anos do Império e da República. Nas próximas urnas vai ser o caso de acertarmos as contas. Sei que sou, como diz Nelson Rodrigues, um cidadão crápula. Não voto faz quase dez anos, mas opino na política enquanto a chefatura e os traficantes se metralharem nas ruas, e os analfabetos morrerem aguardando nas filas dos hospitais. Vida ridícula. Mas falo sem razão de partido, falo com noção da história e, sobretudo, falo com os meus melhores sentimentos. Veja, isso está no meu artigo, Os seis sentidos da política, e naquela matéria que li na revista da senhora, sobre Floriano e os senões da República atual.

Aliás, quando olhamos para a figura dele, a quem agora sondam como um pano de fundo para o teatro que se passa hoje, cabe uma conclusão que não se pode deixar no ar. O marechal foi o nosso oráculo, como uma cigarra prestes a estourar pelas costas, como um caranguejo que na hora certa ergue as garras. Mas foi também, como tantos e tantos outros, mais um covarde da pátria. E agora, consumado o afastamento da presidenta Dilma, de novo o país segue dividido. Política não é para amadores, talvez esta seja a melhor frase para entender o que está acontecendo nesses últimos tempos, não é verdade? Menciono só um episódio real, para acabar.

A cada dia basta o seu mal, diz o apóstolo Mateus. Meu pai dizia a mesma coisa. O professor continuava a falar, incensado pelo pronunciamento da presidenta. De novo, das tevês e rádios vinham saudações disfarçadas e a aflição amarrada por um nó na garganta. Agora é deixar que os mortos enterrem seus mortos, e com alguma coragem isso se faz logo. Pois ontem Dilma disse, Excelentíssimo senhor presidente do Supremo Tribunal Federal Ricardo Lewandowski, excelentíssimo senhor presidente do Senado Federal Renan Calheiros, cidadãs e cidadãos de meu amado Brasil, no dia 1.º de janeiro de 2015 assumi meu segundo mandato. Fui eleita por mais de 54 milhões de votos. Na minha posse, assumi o compromisso de manter, defender e cumprir a Constituição. Nesta jornada para me defender do impeachment me aproximei mais do povo, tive oportunidade de ouvir seu reconhecimento, de receber seu carinho. Ouvi também críticas duras ao meu governo. Acolho essas críticas com humildade. Até porque, como todos, tenho defeitos e cometo erros. Mas entre meus defeitos não estão a deslealdade e a covardia. Não traio os compromissos que assumo, os princípios que defendo ou os que lutam ao meu lado. Na luta contra a ditadura, recebi no corpo as marcas da tortura. Amarguei por anos o sofrimento da prisão. Vi companheiros e companheiras sendo violentados, e até assassinados. Lutei por uma sociedade onde não houvesse miséria ou excluídos. Lutei por um Brasil soberano, onde houvesse justiça. Disso tenho orgulho. Quem acredita, luta. Aos quase setenta anos de idade, não seria agora, após ser mãe e avó, que abdicaria dos princípios que sempre me guiaram. Não esperem de mim o obsequioso silêncio dos covardes. Não luto pelo meu mandato por vaidade ou por apego ao poder, como é próprio dos que não têm caráter, princípios ou utopias a conquistar. Não cometi os crimes dos quais sou acusada arbitrariamente. São pretextos, apenas pretextos, para derrubar, por meio de um processo de impeachment sem crime de responsabilidade, um governo legítimo. O governo de uma mulher que ousou ganhar duas eleições presidenciais consecutivas. Senhoras e senhores senadores, no presidencialismo previsto em nossa Constituição, não basta a eventual perda de maioria parlamentar para afastar um presidente. Há que se configurar crime de responsabilidade. E está claro que não houve tal crime.

Ela disse, Senhor presidente Ricardo Lewandowski, a verdade é que o resultado eleitoral de 2014 foi um rude golpe em setores da elite conservadora brasileira. A possibilidade de impeachment tornou-se assunto central da pauta política e jornalística apenas dois meses após minha reeleição. Muitos articularam e votaram contra propostas que durante toda a vida defenderam. Situações foram criadas, com apoio escancarado de setores da mídia, para construir o clima político necessário para a desconstituição do resultado eleitoral de 2014. Todos sabem que este processo de impeachment foi aberto por uma chantagem explícita do ex-presidente da Câmara. Quem se acumplicia ao imoral e ao ilícito, não tem respeitabilidade para governar o Brasil. Todos sabem que não enriqueci no exercício de cargos públicos, que não desviei dinheiro público em meu proveito próprio, nem de meus familiares, e que não possuo contas ou imóveis no exterior.

Serei julgada antes do julgamento do ex-presidente da Câmara, acusado de ter praticado gravíssimos atos ilícitos e que liderou as tramas que alavancaram as ações voltadas à minha destituição, ela disse. Ironia da história? Viola-se a democracia e pune-se uma inocente. Estamos a um passo da consumação de uma grave ruptura institucional. Estamos a um passo da concretização de um verdadeiro golpe de Estado. Senhoras e senhores senadores, do que sou acusada? Quais foram os atentados à Constituição que cometi? Quais foram os crimes hediondos que pratiquei? Nesses meses, me perguntaram inúmeras vezes por que não renunciava, para encurtar este capítulo tão difícil de minha vida. Jamais o faria porque tenho compromisso inarredável com o Estado Democrático de Direito. Jamais o faria porque nunca renuncio à luta. Confesso a vossas excelências, no entanto, que a traição, as agressões verbais e a violência do preconceito me assombraram. Mas foram superadas pela solidariedade, pelo apoio e pela disposição de luta de milhões de brasileiras e brasileiros pelo país afora. Por meio de manifestações de rua, reuniões, seminários, livros, shows, mobilizações na internet, nosso povo esbanjou criatividade e disposição para a luta contra o golpe. As mulheres brasileiras têm sido, neste período, um esteio fundamental para minha resistência. Me cobriram de flores e me protegeram com sua solidariedade.

Dilma disse, Cassar em definitivo meu mandato é como me submeter a uma pena de morte política. Este é o segundo julgamento a que sou submetida em que a democracia tem assento, junto comigo, no banco dos réus. Na primeira vez, fui condenada por um tribunal de exceção. Daquela época, além das marcas dolorosas da tortura, ficou o registro, em uma foto, da minha presença diante de meus algozes, num momento em que eu os olhava de cabeça erguida enquanto eles escondiam os rostos, com medo de serem reconhecidos e julgados pela história. Hoje, quatro décadas depois, não há prisão ilegal, não há tortura, meus julgadores chegaram aqui pelo mesmo voto popular que me conduziu à presidência. Hoje eu só temo a morte da democracia, pela qual muitos de nós, aqui neste plenário, lutamos com o melhor dos nossos esforços. Não nutro rancor por aqueles que votarão pela minha destituição. E, neste momento, quero me dirigir aos senadores que, mesmo sendo de oposição a mim e ao meu governo, estão indecisos. Lembrem-se que, no regime presidencialista e sob a égide da nossa Constituição, uma condenação política exige obrigatoriamente a ocorrência de um crime. Por isso, ela disse, faço um apelo final a todos os senadores, não aceitem um golpe que, em vez de solucionar, agravará a crise brasileira. Votem sem ressentimento. O que cada senador sente por mim e o que nós sentimos uns pelos outros importam menos, neste momento, do que aquilo que todos sentimos pelo país e pelo povo brasileiro. Política não é um jogo de desafetos. Peço, ela falou, que votem pela democracia. Muito obrigada.

No ano passado, quando um dos partidos aliados se afastou do governo e entregou os cargos, houve uma pressão enorme do maior partido do país, de centro-direita, para ficar com o Ministério da Integração Nacional. Estava em Brasília, num congresso de filosofia, e fui à despedida do ministro que ia saindo. Fui para conhecer quem era ele, de perto, já que a Integração me interessava. Trato disso no meu artigo para a revista *Politika*. Na festa, no discurso que fez, ele disse que várias vezes tinha se surpreendido positivamente com a presidenta, pois, em vez de ceder às pressões do partido mais numeroso de todos, ela pediu que ele, o ministro, que deixava o cargo, recomendasse alguém de perfil técnico, dos quadros do próprio ministério. E então adivinhe o que aconteceu? Ele indicou um amigo engenheiro que organizou a bagunça na obra da transposição do rio São Francisco, quando já se sabia que esse projeto era inviável. Muita verba foi derramada aí, para fazer a coisa ir adiante. No mês passado, o tal ex-ministro votou no Congresso pelo afastamento de Dilma. Agora o partido grandão fica com a presidência, e o filho dele vai ser, muito provavelmente, o próximo ministro da Integração. O moço vai herdar o cargo na troca de mandatos, depois que o seu pai, reizinho da pasta, mudou de camisa duas vezes. Estamos de volta a uma monarquia regida a punhaladas pelas costas. Mas aposto que isso faria a barba de dom Pedro II cair na hora. E nisto sei que estou certíssimo. A senhora não concorda?

Toda biografia é como adivinhar pelas costas o rosto de alguém. Damos à pessoa um traço possível. Quando ela se vira, pode ser outra. Pode ser, aliás, o contrário, como uma estátua que estranha o rosto do seu modelo vivo. A História se encarrega de apanhar lances de real que talvez nunca tenham sido levados a cabo pela mecânica do próprio real. E tudo, em se tratando do passado, vem retinto pela imaginação, foi o professor quem falou isso. Na passeata de meses antes, tínhamos parado diante do monumento ao marechal, chegamos por trás dele. A base mostra dois índios, Anchieta fazendo a catequese e também Caramuru, ele apontou e disse, Figurando aí o colonizador português, seguido de um casal de negros africanos. O monumento faz referência a três datas. 1789, 1822 e 1889. Tem três inscrições. A SÃ POLÍTICA É FILHA DA MORAL E DA RAZÃO. O AMOR POR PRINCÍPIO A ORDEM POR BASE E O PROGRESSO POR FIM. *LIBERTAS QUAE SERA TAMEN.* No topo da coluna está a imagem de corpo inteiro do marechal, de costas para a bandeira do Brasil.

Depois da caminhada, parei para olhar com calma, engolindo os detalhes que o professor me oferecia. Muita gente passava por mim falando sozinha, com fone nos ouvidos, comentando com alguém aquilo que via. A multidão tinha bloqueado as transversais da avenida, acendendo latões de lixo com papel, panos e pneus. Uma mistura dessas ardia com força e subia um cheiro de querosene com borracha queimada. Lembrava o ar espesso pela fuligem de outros tempos em minha vida. Nasci em cidade pequena. Lá, desse mesmo lugar, gente mais rica que eu foi morrer mais pobre do que sou, e quero dizer inclusive mais pobre de espírito. O campo neste país é como a política do professor, sufoca por marés de altos e baixos. Por lá também se dizia o seguinte, e lembro disso, Todo doce se converte em cólera. Da usina vinha o cheiro acetinado das queimadas e armazéns de estocagem, na frente da granja de meu pai. Saí dali aos catorze. A memória que tenho é fruto das fotografias que trouxe comigo, mostram meu pai e meus avós escondidos do presente, soprando seus mitos. Contar casos era mais natural do que olhar para a frente. Talvez daí venha minha sensação de que a História é de um sentimentalismo comovente, supõe que dá gosto buscar um elo entre as situações de gente diferente, distantes umas das outras no espaço e no tempo. Hoje me perco imaginando, nessas descrições movimentadas, a busca não de fatos mas de vidas que traçamos chamando o passado à ordem do dia. Sei que as saudades são um desejo de acordo entre o de agora e o de antes. Mas não sou isso, não sou assim. Quando me volto para trás, vem de lá a companhia das meninas que matavam tempo comigo em brincadeiras de cozinha. Esse para mim é o cheiro do passado, nada se iguala a essas impressões. Elas seguem como um batalhão de secretas marchando na claridade do dia, e me trazem de volta a nuvem de escolhas que fiz tentando acertar no gosto das coisas, e em como, na consciência desse gosto, encontrar um país que não me apunhale, e que não esteja fedendo a fumaça de gasolina nem a plástico ou a bolotas de carne frita.

A Capital Federal com razão tem orgulho de Floriano, dedicaram-lhe uma estátua. Mas nos pesares de quem agora o descreve, o velho soldado ainda existe como uma janela aberta ao mar. Existe talvez com agressividade, em toda a sua distância, na extensão já obscura de um voo em noite inimiga. Nos seus lances essenciais estão os traços de uma vida a serviço do plano grandioso, um plano talvez maior do que as certezas do próprio aspirante. Pois há o menino Floleão, contendo-se contra o mundo do velho Vieira Peixoto, seu tio, depois pai, e os rigores de Zezé Gentil na pré-campanha do Paraguai, e há o rapaz noivo de sua própria irmã Josina, rumando em baforadas à Max Ureña a caminho dos seus encargos, na satisfação de planos feitos na estourada de uma juventude que lhe organiza um primeiro teste para essas mesmas convicções. E, afinal, há o homem na curva dos anos, evocando de longe os moldes da sua república de ferro, os símiles napoleônicos na revolução das almas, a companhia de uma esposa conhecida desde o berço até os frutos do ventre, na força do leite das suas oito crianças, às quais o próprio pai marechal iria legar um novo país. Mas no longo correr dos seus numerosos levantes, qual teria sido, de fato, o Floriano severo, e o terno, e o realizado? Aqui não há como ter certeza. E sei que, pelo menos nisto, estou certíssimo.

1ª edição [2016] 1 reimpressão

ESTA OBRA FOI COMPOSTA PELA ABREU'S SYSTEM EM ADOBE GARAMOND
E IMPRESSA EM OFSETE PELA LIS GRÁFICA SOBRE PAPEL PÓLEN BOLD DA
SUZANO PAPEL E CELULOSE PARA A EDITORA SCHWARCZ EM MARÇO DE 2017

A marca FSC® é a garantia de que a madeira utilizada na fabricação do papel deste livro provém de florestas que foram gerenciadas de maneira ambientalmente correta, socialmente justa e economicamente viável, além de outras fontes de origem controlada.